"E AGORA, COMO DEFINIR NOSSOS JOVENS? ELES PARECEM SE DIVERTIR DESORIENTANDO-NOS, ADORAM DESARRUMAR IDEIAS FEITAS SOBRE ELES, ESTÃO SEMPRE SURPREENDENDO."

CRÔNICAS
PARA LER NA ESCOLA
ZUENIR VENTURA

1ª *reimpressão*

OBJETIVA

Copyright © 2012 by Zuenir Ventura

Grafia atualizada segundo o Acordo Ortográfico da Língua Portuguesa de 1990, que entrou em vigor no Brasil em 2009.

Capa e projeto gráfico
Crama Design Estratégico

Imagem de capa
Marcelo Tabach

Produção gráfica
Marcelo Xavier

Revisão
Ana Kronemberger
Bruno Fiuza
Rodrigo Rosa

CIP-BRASIL. CATALOGAÇÃO-NA-FONTE
SINDICATO NACIONAL DOS EDITORES DE LIVROS, RJ

V578z

Ventura, Zuenir
    Zuenir Ventura: crônicas para ler na escola / Zuenir Ventura; seleção e apresentação Marisa Lajolo. - Rio de Janeiro: Objetiva, 2012.
    (Para ler na escola)
    152p

    ISBN 978-85-390-0409-6

    1. Crônica brasileira. I. Lajolo, Marisa, 1944-. II. Título. III. Série.

12-5519
                    CDD: 869.98
                    CDU: 821.134.3(81)-8

[2015]
Todos os direitos desta edição reservados à Editora Objetiva Ltda.
Rua Cosme Velho, 103
22241-090 — Rio de Janeiro — RJ
Telefone: (21) 2199-7824
Fax: (21) 2199-7825
www.objetiva.com.br

CRÔNICAS
PARA LER NA ESCOLA

ZUENIR VENTURA

SELEÇÃO E APRESENTAÇÃO **MARISA LAJOLO**

Sumário

Apresentação, 9

As dores do parto, 15
Recado de primavera, 19
O homem que virou livros, 23
Drummond anos depois, 27
A recusa de Drummond, 31
Esse Ziraldo!, 33
Ser avô, 35
Aprendendo a aprender, 37
Alice no reino do iPad, 39
Preguiça de sofrer, 41
Um idoso na fila do Detran, 45
O dia em que fui manchete, 49
Por fora da moda, 51
Intolerância juvenil, 53
Por que os jovens não gostam de política?, 55
Geração anfetamina, 57
Ainda os jovens e as drogas, 59
Quem disse que o sentimento é kitsch?, 61
Politicamente (in)correto, 65
Conversa de cego, 67
Se não me falha a..., 71
Não é para principiantes, 75
As últimas do mineiro, 79
As últimas do judeu, 83

A mídia premiada, 87
As amargas não, 89
O fim de um mundo, 93
Amar o transitório, 95
Caros leitores, 97
O corpo que faz sucesso lá fora, 99
A moda terminal, 103
Não merecem o celular, 105
O novo boca a boca, 107
O território da crendice, 109
Quem lê tantos e-mails?, 111
Praia, o nosso melhor lugar-comum, 115
Como uma gota d'água, nem isso, 119
A Noel e à Vila, 123
Bonito por natureza, 125
Então não viu nada, 129
De volta ao Alemão, 133
Pequenina e heroica, 135
O rio de minha aldeia, 137
Aventura em rio de piranha, 141

Datas e locais de publicação das crônicas deste volume, 147

Apresentação

Cronista é um escritor muito especial.
Profissional da escrita, ele precisa produzir textos com regularidade. Não pode, pois, dar-se ao luxo de esperar *inspiração*. Nem de acreditar em musas. E muito menos pode apostar numa ilimitada liberdade do artista. Nada disso! De forma mais radical do que outros escritores, um cronista é um *operário* da palavra. Zuenir Ventura aponta com humor esta situação: "E ainda ficam os puristas dizendo que trabalhar sob encomenda é uma forma de subserviência, de cerceamento da liberdade, como se os artistas do Renascimento trabalhassem de outro jeito" ("As dores do parto").

Direto ao ponto, não é mesmo?

Jornais e revistas — veículos em que crônicas circulam — funcionam quase como se tivessem livro de ponto. Têm publicação regular — diária, semanal ou mensal — e, em suas páginas, há espaços reservados para a crônica. Tais espaços têm também um tamanho certo: antigamente (antes do computador!) se pedia ao cronista "um texto com tantas laudas". Hoje, se pede "um texto com tantos caracteres com ou sem espaço".

Tanta organização tem vantagens. O leitor de fé já sabe que em tal parte do jornal ou da revista pode contar com os parágrafos que o cronista compôs para ele. *Para ele?* Para *ele* é modo de dizer. É *para ele* e para seus milhares de irmãos-leitores-fiéis de crônica, fãs daquele cronista, que mora nos seus corações. Como Zuenir Ventura, que mora no nosso coração como no das quatro irmãs Sette, cuja história virou crônica ("Preguiça de sofrer")...

Esta regularidade de produção torna a crônica um gênero literário de feições muito especiais. Ela talvez leve o escritor a manter aquela disciplina de trabalho de que fala o primeiro parágrafo. Mas, curiosamente, esta disciplina (na esfera da produção, isto é, de parte do escritor) contrapõe-se, na esfera da circulação, isto é, no que respeita ao veículo que a publica, à volatilidade e efemeridade da crônica enquanto texto jornalístico. A curta vida dos textos publicados em jornais e revistas ressalta, sobretudo quando comparada à sobrevida do livro: jornais e revistas, depois de lidos, são geralmente descartados sem cerimônia alguma...

Quem sabe não reside nesta efemeridade original da crônica sua grande sedução, uma das razões de sua imensa popularidade?

Um dos textos deste livro trata exatamente deste assunto ("Amar o transitório"), encerrando-se com a transcrição de versos impecáveis de Carlos Pena Filho: "Lembra-te que afinal te resta a vida/ Com tudo que é insolvente e provisório/ E de que ainda tens uma saída/ Entrar no acaso e amar o transitório." No poema, a efemeridade da crônica enquanto texto é imediatamente percebida pelo leitor, e ganha uma dimensão filosófica ao ser identificada à efemeridade da vida.

Metáforas, metáforas, metáforas...

O caráter sedutor da crônica torna-se ainda mais intenso quando se sabe — e todo cronista e todo leitor de fé sabem — que as boas crônicas migram de jornais e de revistas para livros e com isso vencem/superam a efemeridade tradicional do gênero: abrigadas entre as capas e a lombada de um volume como este que você tem em mãos, em suas páginas as crônicas irmanam-se a poemas, contos, romances. Essa prática de reunir crônicas em livros não é recente: é antiga e intensificou-se na segunda metade do século XX.

Grandes cronistas brasileiros do século XIX — Joaquim Manuel de Macedo, José de Alencar, Machado de Assis e Olavo Bilac — já republicavam em livros as crônicas que escreviam para jornais. Tal prática foi talvez desenvolvendo em leitores — antepassados nossos — a percepção da *historicidade* do gênero. E talvez tenha sido também esta migração que foi levando a crítica literária a reconhecer a *literariedade* do gênero.

Esta antologia de Zuenir Ventura, em vários momentos, alude a esta história. O cronista dialoga com escritores que o antecederam no ofício. E, ao permitir a seu leitor escutar a conversa que trava com escritores que o precederam nos espaços que a imprensa brasileira reserva à crônica, Zuenir vai criando uma genealogia de artistas que deram estatuto literário a um gênero que por muito tempo foi considerado menor no que se pode chamar de "cidade das Letras".

A crônica é um dos últimos recém-chegados a esta cidade, que tem população muito flutuante: uns chegam (a crônica, por exemplo), outros partem (a epopeia, por exemplo).

E de chegadas e de partidas vai se tecendo a história literária.

Pois a literatura — como a ciência — é um trabalho coletivo. Muitas e muitas gerações e escritores se sucedem na construção da literatura, em inevitáveis e bem-vindas criações, retomadas e rupturas de padrões. Nas crônicas aqui reunidas, Zuenir inscreve-se nesta genealogia, selecionando antepassados de peso: Rubem Braga ("Recado de primavera"), Carlos Drummond de Andrade ("Drummond anos depois", "A recusa de Drummond"); e contemporâneos como Arnaldo Jabor. Falando deles e com eles, franqueia a seu leitor alguns recantos dos bastidores da cidade das Letras, de suas instituições e de suas práticas.

Com Rubem Braga, Drummond, Ziraldo e outros tantos escritores que Zuenir traz para seus textos, vêm para eles alguns companheiros do autor no poderoso sistema da mídia. Nas crônicas que este livro reúne, Zuenir é um arguto e bem-humorado observador e crítico deste sistema.

Quem é que aguenta tanta notícia baixo astral? ("As amargas não"). Será que o jornalismo mais antigo era melhor do que o de hoje? ("A mídia premiada"). Estamos, mesmo, vivendo uma grande mudança cultural, sem volta? ("A moda terminal").

Ao comentar estes temas, é como se Zuenir trocasse de lugar com o leitor. Ou melhor, é como se ele abandonasse temporariamente seu lugar de escritor e se sentasse ao lado do leitor para puxar conversa: "Você não leu no jornal de ontem que..." Na volta para seu lugar de escriba, ele leva para seu texto perguntas e perplexidades de leitores. Nesta aliança do escritor com seus leitores a obra alça voo. Se o escritor se irmana a seus leitores, está implícito o convite para que seus leitores também troquem de lugar com ele, e passem a ver/ler a mídia com outros olhos.

Nessa observação da mídia, os observadores estão sujeitos a alguns solavancos. Na passagem da fixidez do impresso para a mobilidade do digital, a viagem pode trepidar.

A passagem da cultura do impresso para a digital talvez seja tão violenta quanto (ou mais do que...) a passagem da cultura do manuscrito para a do impresso ao tempo de Gutenberg, no século XV. Em ambos os casos, trata-se de uma mudança radical na base técnica que acarreta mudanças profundas no sistema da cultura letrada: na forma de produzi-la e na forma de consumi-la.

Belo exemplo disso é "O território da crendice", crônica na qual Zuenir focaliza magistralmente estes novos tempos ao comentar o que se poderia chamar de *plágio ao contrário*, isto é, o fulano sem nome que divulga um texto da própria lavra, atribuindo-o a algum escritor famoso. Procedimento curiosíssimo, que reforça a ideia de que a cultura digital prolonga, reescrevendo, questões fundamentais da cultura letrada. Foi no universo do impresso que a autoria tornou-se forma de afirmação da identidade. Enviesando a autoria, o autor anônimo goza — na figura do famoso a quem atribui suas maltraçadas — de uma identidade emprestada... Emprestada, mas, ainda assim, menos anônima que a sua!

Ao lado das crônicas sobre textos, inúmeras crônicas que este livro reúne ocupam-se do mundo tridimensional, histórico, aquele que o cronista (como todos nós) sente com o coração e experimenta com os sentidos.

Nele Zuenir encontra temas que fazem eco a preocupações, sentimentos e situações vividas por seus leitores. Muitos compartilham com o cronista sua solidariedade com os mais velhos ("O dia em que fui manchete"), sua investigação da identidade nacional ("Não é para principiantes"), seu entusiasmo por diferentes recantos do país ("Bonito por natureza"). Por aí, seu time de leitores de fé vai aumentando: pois quem não gosta de ouvir falar de sua aldeia? ("O rio de minha aldeia").

Por falar em aldeia, o autor viaja, e a crônica viaja junto. E, na carona, viaja junto o leitor, que faz viagens variadas, onde compartilha, por exemplo, a arriscada aventura de passar debaixo das Cataratas do Iguaçu num barco inflável ("Como uma gota d'água, nem isso") ou avizinhar-se de jacarés e piranhas na Amazônia ("Aventura em rio de piranha").

Nesse recorte itinerante, a crônica retoma uma das suas mais antigas e tradicionais feições: ser o relato comentado de uma viagem, de um episódio histórico. Na tradição ibérica, portugueses e espanhóis intitularam *crônica* registros que faziam das viagens e de medidas administrativas relativas às regiões que colonizavam. Foi o que fez Francisco Cervantes de Salazar na *Crônica de Nueva España* (século XVI), onde narra episódios da conquista do México, ou, na mesma época, o que fez o português Gomes Zurara na *Crônica dos feitos da Guiné*.

Não são, no entanto, apenas geográficos os territórios pelos quais a crônica de Zuenir leva seus leitores. Há uma variedade imensa de territórios humanos, que o leitor percorre pela mão das personagens que cruzam as páginas desta antologia. Desde a menina — a netinha que ensina o narrador a dedilhar um iPad ("Alice no reino do iPad", "Aprendendo a aprender") — até pessoas mais maduras às voltas com o politicamente correto, são todas e todos protagonistas. Deliciosas crônicas politicamente incorretíssimas ("Conversa de cego", "As últimas do mineiro") são exemplares tanto da irreverência tradicional do gênero, quanto do alerta que os olhos e ouvidos atentos do cronista fazem para os ouvidos e olhos de seus igualmente atentos leitores: o humor incomplacente e politicamente incorreto de quem vê além do preconceito.

Entre estes leitores atentos, uma fração privilegiada: entre a pequena Alice e os idosos da fila do Detran, os jovens dizem presente. E dão lições de vida e de esperança ao cronista, lições que ele generosamente compartilha com seus leitores.

Vamos conferir?

Marisa Lajolo

As dores do parto

Não sei quem comparou a produção de um livro a um trabalho de parto. Mas certamente foi uma mulher, porque nada mais perfeito, se é que algum homem tem autoridade para endossar uma comparação dessas. Seja como for, nessa manhã de segunda-feira estou me sentindo como se eu, e não a Mary, tivesse parido uma criança. Acabo de enviar para São Paulo o livro que me custou uma recente viagem ao Acre. Ainda bem que não estou sentindo a famosa depressão, só um vazio. Não na barriga, mas na cabeça.

Na última hora, claro, o computador aprontou. Levei das sete às nove da manhã para passar o que normalmente levaria 15 minutos. Ele dizia assim: "conectado", e não se mexia, nenhum movimento, nada. Eu insistia naquele "Enviar/receber" e ele nem estou aí. Usei de todos os macetes, inclusive ligar e desligar a máquina. Dessas duas horas, fiquei mais de uma com o olhar parado, fixado naquele inútil "conectado".

Quando minha irritação já começava a pipocar pelo corpo, ele resolveu dar sinal de vida. Assim, sem mais nem menos, sem aviso, sem ao menos um "desculpe o atraso", como fazem as pessoas bem-educadas. Quer dizer: era implicância mesmo, operação tartaruga sem qualquer motivo justo, ou injusto.

Quando digo que o problema é comigo, recebo uma porção de e-mails gozando a minha "mania de perseguição eletrônica". Já estou caindo no ridículo. Então não falo mais nada (só um exemplo: antes de abrir esse parêntese, apareceu aqui na tela, duas linhas acima, juro, um pedaço do livro que eu já tinha mandado para a editora. Não sei como — alguém saberá? — o parágrafo invasivo se infiltrou no meio desse texto. Se não é assombração, é pelo menos da família. Quase mantive o trecho indesejado só para vocês verem que não era mentira. Mas depois achei que é coisa de mentiroso isso de estar sempre jurando e prometendo apresentar uma testemunha ou uma prova: "juro por Deus, é verdade, pergunta à fulana, que não me deixa mentir"). Eu mando perguntar à minha mulher, que me deixa mentir.

Para entregar o livro no prazo, estive completamente fora do ar nesse fim de semana, sem dar minha caminhada, sem ler jornal, sem ver televisão — escrevendo, escrevendo. Um sofrimento, pelo menos para quem não gosta de fazer isso. Há uns malucos que gostam. "Escrevo porque não posso passar sem escrever", diz um. "Escrever para mim é um prazer", diz outro. "Não sei como tem gente que costuma passar um dia sem escrever", declarou um terceiro, mas esse já na porta de entrada do Pinel.

Pois eu digo e repito: "Só escrevo porque não sei fazer outra coisa." Se quiserem que eu diga de outro jeito, "só escrevo obrigado". Ou então: "Escrevo para sobreviver." Sobreviver com a grana que a escrita me dá, ou seja, ganho a vida escrevendo e perdendo tempo. Dito de maneira mais direta: "Só escrevo porque os editores me obrigam a escrever." São capazes de me tirar o pão e a água para me fazerem sentar diante de um computador. Tom Jobim, pra variar, é que tinha a frase definitiva: "A encomenda é a minha musa inspiradora." De fato, é ela a responsável por toda obra de arte, boa ou ruim.

 E ainda ficam os puristas dizendo que trabalhar sob encomenda é uma forma de subserviência, de cerceamento da liberdade, como se os artistas do Renascimento tivessem trabalhado de outro jeito. Como se um Médici daqueles dissesse para Michelangelo: "Tá aqui a grana; você tem o tempo que quiser para pintar o teto da Capela Sistina" (uma voz interior diz à minha ignorância que não foi Lourenço, que já estaria morto, mas um papa a fazer essa encomenda. Qual deles? Preciso perguntar). De qualquer maneira, se um gênio aceitava essas limitações, o que dirá um medíocre mortal.

 Não sei se já havia o maldito "adiantamento", que não lhe deixa saída. Você pega uma parte da grana antes de começar, garante que vai entregar no dia tal, e aí começa a mentir cinicamente: "Fica tranquilo, sou capaz de entregar até antes do prazo." "Imagina, claro que vai dar tempo." Ainda bem que os editores fingem que acreditam.

 Ufa! Pra quem não gosta de escrever e acabou um livro, escrevi até demais. Vou parar porque começo a sentir sinais de depressão pós-parto.

Recado de primavera

Meu caro Rubem Braga:

    Escrevo-lhe aqui de Ipanema para lhe dar uma notícia grave: a primavera chegou. Na véspera da chegada, não sei se lhe contaram, você virou placa de bronze, que pregaram na entrada do seu prédio. O próximo a ser homenageado é seu amigo Vinicius de Moraes, e é essa lembrança que me faz parodiar o "Recado de primavera", que você mandou ao poeta quando ele se tornou nome de rua.

    Sua crônica foi lida na inauguração da placa, durante uma cerimônia rápida e simples, para você não ficar irritado. A ideia foi da Confraria do Copo Furado, um alegre clube de degustadores de cachaça que não existia no seu tempo. Antes que alguém dissesse "mas como, se Rubem só tomava uísque!", o presidente da confraria, Marcelo Câmara, se apressou em lembrar que Paulo Mendes Campos uma vez revelou que o maior "orgasmo gustativo" do velho Braga, na verdade, foi bebendo uma boa pinga num boteco do Acre. Paulinho, que deve estar aí a seu lado, só faltou dizer que você sempre foi um cachaceiro enrustido.

Temendo uma bronca sua, Roberto, seu filho, fez tudo na moita: não avisou a imprensa e não comunicou nada a nenhuma autoridade ou político. De gente famosa mesmo só havia Carlinhos Lira e Tônia Carreiro. Aliás, sua eterna musa declamou aquele soneto que você ficou todo prosa quando Manuel Bandeira incluiu numa antologia, lembra-se?

Tônia se esforçou para não se emocionar, e quase conseguiu. Mas quando aquela luz do meio-dia que você tanto conhece bateu nos olhos dela, misturando as cores de tal maneira que não se sabia mais se eram verdes ou azuis, viu-se que estavam ligeiramente molhados, mas todo mundo fingiu que não viu.

Depois da homenagem, subimos até a cobertura. Não sei se você sabe, mas Roberto levou uns quatro meses reformando o terraço. Agora pode chover à vontade que não inunda mais. O resto está igual: as paredes cobertas de quadros e livros, o sol entrando, a vista do mar. Quando chegamos à varanda, achamos que você estava deitado na rede.

O pomar, mesmo ainda sem grama, está um brinco e continua absolutamente inverossímil. "Como é que ele conseguiu plantar tudo isso aqui em cima?", a gente repetia, fazendo aquela pergunta que você ouviu a vida toda.

Os dois coqueiros que lhe venderam como "anões" já estão com mais de três metros de altura. As duas mangueiras, depois da poda, ficaram frondosas e enormes, uma beleza. Vi frutinhas brotando nos cajueiros, nas pitangueiras e nas jabuticabeiras, pressenti promessas de romãs surgindo e esbarrei em pés de araçá e carambola. Agora, há até um jabuti.

As palmeiras que ficam no canto, se lembra?, estão igualmente viçosas. Roberto jura que não é forçação retórica e que de madrugada vem um sabiá-laranjeira cantar ali, diariamente, acordando os galos que deram nome ao morro que fica atrás. Assim, sua cobertura é a única que tem palmeiras onde canta o sabiá (Roberto faz questão de dizer "a" sabiá, em homenagem ao Tom).

Há um outro mistério. Maria do Carmo, sua nora, conta que o pastor-alemão Netuno, de sobrenome Braga, que você nem conheceu, pegou todas as suas manias: toma sol no lugar onde você gostava de ler jornal de manhã, resmunga e passa horas sentado, com as duas patas pra frente, apreciando o mar. A diferença é que dessa contemplação ainda não surgiu nenhuma crônica genial.

Mas muita coisa mudou, cronista, nesses 16 anos. As "violências primaveris" de que você falava na sua carta a Vinicius não são mais o "mar virado", a "lestada muito forte" ou o "sudoeste com chuva e frio". Não são mais licenças poéticas, são violências mesmo.

Para você ter uma ideia, a primavera desse ano foi como que anunciada por um cerrado tiroteio bem por cima de sua cobertura: os traficantes do Cantagalo e do Pavão-Pavãozinho voltaram a guerrear. Você deve ter visto aí de cima os tiros riscando a noite, luminosos, como na Guerra do Golfo. Estamos vivendo sob fogo cruzado. Ainda bem que nenhuma bala perdida atingiu seu apartamento. Por milagre, aquela parede de trás ainda está incólume.

O tempo vai passando, cronista. Chega a primavera nesta Ipanema, toda cheia de lembranças dos versos de Vinicius, da música de Tom e de sua doce e poética melancolia. Eu ainda vou ficando um pouco por aqui — a vigiar, em seu nome, as ondas, os tico-ticos e as moças em flor. E temendo, como todo mundo, as balas perdidas. Adeus.

O homem que virou livros

Não sei se vocês já viveram a experiência que vivi, tomara que sim, porque será mais fácil me compreender. Ao contá-la, corro o risco de passar por cabotino, mas não resisto. Ela mexeu demais comigo para que não a divida com mais gente. A verdade é que fui objeto de uma dessas homenagens que em geral se prestam aos mortos, e eu garanto que não estava nessa condição. Pelo contrário, estava vivinho da silva, com meus sinais vitais em pleno funcionamento.

Assim foi que num belo dia me transformei em biblioteca, ou melhor, dei nome a uma biblioteca: o Salão de Leitura e Biblioteca Zuenir Ventura, da Escola Técnica Estadual Adolpho Bloch, aqui no Rio, ali em São Cristóvão, perto da Mangueira e do Maracanã.

Para quem ama os livros e tem com eles uma relação quase erótica, para quem vive de escrever, não há glória maior. Já estou me sentindo cheio de estantes por dentro, coberto de volumes, cercado de jovens abrindo minhas páginas, me devorando. A vontade é plagiar aquele livro do neurologista inglês Oliver Sacks, *O homem que confundiu sua mulher com um chapéu*, e escrever a minha história: "O homem que virou uma porção de livros."

Tudo começou quando fui dar uma palestra naquela escola de ensino médio que prepara técnicos para a área de comunicação — operadores de som, de áudio, câmeras etc. Achei que, por isso, conversaríamos apenas sobre esses temas. Qual não foi minha surpresa quando fui bombardeado com perguntas sobre globalização, internet, neoliberalismo, política, Brasil, imprensa.

Durante umas duas horas tive que me virar para atender a curiosidade daqueles quase duzentos alunos com idades entre 16 e 19 anos, moradores pobres de lugares distantes como Duque de Caxias, Bangu, Madureira, Pavuna. Os meninos eram umas feras. Quando manifestei minha surpresa em relação à seriedade da galera e ao seu alto nível, veio a inesperada pergunta: "Se você está gostando do nível da turma, por que não escreve uma crônica sobre isso?"

Disse que era chato fazer isso assim de encomenda e que, além do mais, não podia ficar falando de cada escola onde dava palestra. Alguém argumentou que era uma pena perder essa oportunidade, já que o ensino público era em geral tão criticado. Por que não falar bem quando algum exemplo merece? Ou a imprensa só se interessa mesmo pelo que não presta? Não cedi na hora, mas pedi que cada um botasse no papel as perguntas que me tinham feito. Em casa, me dei conta de que não podia deixar de tratar do tema.

Era um momento em que a geração pit-boy dominava as páginas da imprensa com seus atos de violência e crueldade: filhinhos de papai, lutadores de jiu-jítsu e mauricinhos que apareciam ora espancando os mais fracos e brincando de atirar em homossexuais, ora se matando em roleta-russa e queimando índios para se divertirem.

"Daí a surpresa quando se encontra o oposto", eu escrevi, "e onde menos se espera — entre jovens vivendo em condições sociais e econômicas desfavoráveis, em meio a dificuldades materiais que poderiam até justificar desvios de conduta. Não se costuma dizer que a pobreza e a miséria são responsáveis pela violência?"

Além de me pôr em contato com jovens do outro lado da cidade e da vida, minha ida à Adolpho Bloch confirmou o que eu já observara em outras escolas: à frente de uma turma dessas ou atrás de um jovem leitor há sempre uma professora ou professor — em geral mal pagos e maltratados pelo governo — fornecendo emocionantes exemplos de desprendimento e abnegação, quando não, fornecendo também dinheiro do próprio e surrado bolso.

Pois foi um desses exemplares, o professor André Dias Lima (ele não vai gostar de ver seu nome citado, alegando com razão que é um trabalho coletivo que inclui alunos, outros professores e funcionários), que me ligou há tempos falando da ideia da biblioteca, que estava em processo de formação: tinha mandado cartas para as editoras solicitando doações de livros, mas nem todas atenderam (não é absurdo um editor se negar a contribuir num projeto que vai estimular a leitura?).

O fato é que ele insistiu, ralou, se virou e finalmente a biblioteca foi inaugurada com cerca de 1,2 mil volumes. E eu lá entre eles, todo prosa, feliz como pinto no lixo. Primeiro, as homenagens no auditório lotado, depois a inauguração, junto com o lançamento da revista literária *Ave palavra*; em seguida, salgadinhos e refrigerantes, e o tempo todo manifestações de afeto. Haja coração!

A cerimônia toda valeu como um daqueles testes de esforço que a gente faz numa esteira rolante para avaliar o desempenho do nosso sistema cardíaco, sede das emoções. Se ainda estou aqui escrevendo, é porque acho que fui aprovado.

P.S.: Na verdade, é a segunda vez que isso acontece. No Jardim Nova Era, na Baixada Fluminense, existe também uma sala de leitura com meu nome — criada pelo comovente esforço de Edílso Maceió, diretor de um centro de integração social (Cisane), que junto com cidadania leva cultura para aquelas comunidades carentes.

Drummond anos depois

Abro o Especial sobre Carlos Drummond de Andrade no site da revista *Veja* e encontro como primeira matéria uma entrevista com o título "Eu fui um homem qualquer" e com o seguinte subtítulo: "Na primeira entrevista longa que dá a um jornalista, o consagrado poeta conta casos e diz que não crê muito na validade de sua obra!" A publicação é de 19 de novembro de 1980 e o autor da entrevista é esse aqui que vos fala.

  A história desse trabalho, cujo mérito, se houver, não é meu, mas da sorte, continua um mistério na minha carreira. Três anos depois de completar 75 anos, em 1977, quando resistiu bravamente a um cerco implacável da imprensa, o poeta resolveu falar e me mandou um recado pela divulgadora da editora José Olympio. Eu era chefe da sucursal da *Veja* no Rio, e trotes como esse costumavam ocorrer. Colegas ligavam dizendo, por exemplo, que Rubem Fonseca estava a fim de dar uma entrevista, que Brigitte Bardot se encontrava incógnita em Búzios à espera de um repórter da revista.

Por isso, ouvi o primeiro telefonema, disse que "sim, tá bem, acredito", e praticamente desliguei na cara da moça. No dia seguinte, à mesma hora, a mesma ligação. Dessa vez, porém, não bati o telefone. Como era um pouco antes do almoço, resolvi dar uma passada na editora, se bem que ainda desconfiado, ainda meio que me dizendo "será que não é trote?".

Ao chegar, Drummond estava lá, tímido, todo sem jeito, mais do que eu, desculpando-se, imaginem, por me ter chamado e anunciando que gostaria de dar uma entrevista, evidentemente se eu quisesse. Não disse o porquê — nem ali, nem depois na gravação — daquela surpreendente mudança de atitude. Mais do que depressa marquei para o dia seguinte cedo, ali na editora.

Só não sabia que, quase mais difícil do que realizar a entrevista, seria "vendê-la" à sede em São Paulo. A primeira dificuldade foi convencer o diretor de redação da época de que aquele poeta valia um destaque. "Quantos livros ele vende?", foi a primeira pergunta. Respondi que não era muito, devia ser uns 5 mil exemplares, mas que ele era o maior poeta do Brasil. "Que que adianta ser o maior poeta e vender 5 mil exemplares?" Esse diálogo — hoje parece inacreditável — continuou, mas diante da insistência me foi concedido um crédito: "Então faz, mas sem compromisso de publicação, a gente vê depois."

Feita a entrevista, uma outra trabalhosa negociação: as "amarelas" ocupavam sempre três páginas e eu reivindicava mais uma, alegando que a entrevista, além de exclusiva, era longa e reveladora. Foi preciso um forte pistolão para convencer o diretor. Perdi, no entanto, na edição. Drummond gostava que o chamassem de "você" e a *Veja* não admitia esse tratamento em entrevistas. Assim, em todas as perguntas aparece um "Senhor" que não houve na conversa. O pior é que a descontração e a irreverência da entrevista desapareceram na edição. Por exemplo: havia uma pergunta assim:

— Oscar Niemeyer costuma dizer que você é um grande come-quieto?

Foi publicado assim, perdendo a graça:

— ... Oscar Niemeyer diz que o senhor foi um grande namorador do Rio.

Em compensação, a revista manteve uma resposta que era uma crítica a ela. Eu perguntei se ele ficara muito abalado com a morte de Vinicius de Moraes, ele respondeu que sim, mas não da maneira como fora mostrado: "A *Veja* me mostrou de barba por fazer, dizendo que, abatido, eu tinha deixado a barba crescer." Na verdade, ele a deixara crescer por causa de uma crise de herpes.

Nas duas respostas finais, Drummond faz um balanço de sua obra e de sua vida:

"Acho minha obra uma obra falha, uma obra que podia ser melhor. Ela não teve um desenvolvimento assim consciente, lógico. Fui levado pela intuição e pelo instinto, pelas emoções do momento. Não creio muito na validade dessa obra [...]. Daqui a cinco ou dez anos, terei desaparecido e virão novos poetas, novas formas de poesia, novos critérios, novas tendências. Amanhã ou depois, daqui a cinquenta anos, um sujeito diz: 'Olha, descobrimos um poeta chamado Drummond, que tinha uma pedra no meio do caminho. Que coisa curiosa.' Ou 'que coisa chata'."

Minha última pergunta tal como saiu foi: "Quer dizer que o 'anjo torto' tinha razão: o senhor foi *gauche* na vida?"

Resposta: "Acho que fui. Porque não aderi ao sistema de valores que dominava na minha época, participei timidamente de um movimento de renovação literária, que não chegou a ser política, nem social, nem econômica. Fiquei na minha toca. Não tenho nada de especial, não. Foi uma vida medíocre. Me deu o prazer de algumas amizades, algumas coisas boas. Eu fui um homem qualquer. Mais nada."

(Detalhe: o idiota aqui não guardou a gravação da entrevista.)

A recusa de Drummond

O título dessa coluna deveria ser, se não fosse tão comprido, "O dia em que Carlos Drummond de Andrade recusou o convite para suceder Alceu Amoroso Lima na Academia Brasileira de Letras". O episódio se deu em 1984 e me foi lembrado há dias, depois da missa de ação de graças pelas bodas de ouro de Elisa e Alceu, o filho, na Igreja Abacial do Mosteiro de São Bento. Estávamos conversando do lado de fora, quando o homenageado me perguntou: "Você se lembra quando fomos os dois, você e eu, à casa do Drummond convidá-lo para concorrer à vaga de meu pai na Academia?" Amnésico que sou, apenas vagamente me lembrava do ocorrido, que, no entanto, era para ser inesquecível. Não me lembrava, por exemplo, de qual tinha sido a resposta do poeta, só de que a escolha de seu nome não podia ser melhor. Tratava-se de dois gigantes das letras nacionais, cada um a seu modo.

Drummond era sem dúvida o mais indicado para ocupar o lugar do Doutor Alceu, ou de seu pseudônimo literário Tristão de Ataíde, não só pelos méritos próprios, tão óbvios, mas também pela amizade que o ligava ao líder católico desde os anos 30, quando os dois integraram a equipe de Gustavo Capanema no recém-criado Ministério da Educação e Saúde. Para se ter uma ideia, em 1984 mesmo o autor de *A rosa do povo* dedicara ao amigo o longo poema "Favelário nacional", que constava da coletânea *Corpo*, seu último livro de poesia a ser publicado em vida. Era assim a dedicatória:

"À memória de Alceu Amoroso Lima, que me convidou a olhar para as favelas do Rio de Janeiro."

Segundo Alceu Filho, o desfecho daquela nossa gloriosa tarefa (entrei na história apenas porque fizera pouco antes uma longa entrevista com Drummond) se deu da seguinte maneira:

— Modesto como sempre, de cabeça baixa, o poeta respondeu delicadamente: "Eu não mereço."

E não houve meio de convencê-lo do contrário. A recusa não era à Academia, mas à missão específica de substituir o amigo. Por falta de merecimento. Pode?

Esse Ziraldo!

Mais uma crônica de viagem. Quando a gente sai muito por aí, fica sujeito a divertidas gafes e confusões. Na série "crise de identidade", por exemplo, os equívocos têm sido incontáveis. Já fui confundido com Saramago, Millôr, Dráuzio e o pai de Dráuzio quando jovem. Nos hotéis, o mais comum na hora do registro é a pergunta: "E sua senhora, a dona Zuenir, ainda não veio?" (Quando estou de bom humor, respondo: "Sou ela mesma.") Portanto, já estou acostumado. Mesmo assim, o que me aconteceu há pouco foi incrível, pela falta de semelhança física entre os personagens.

Estava eu no restaurante de uma cidade do interior quando me levantei para ir ao toalete no primeiro andar. Na dúvida, perguntei ao garçom que se encontrava parado no começo da escada. "É sim, Ziraldo, é logo à esquerda." Como falou alto, chamando a atenção das mesas próximas, achei que devia corrigir o engano para não vir a ser acusado de falsidade ideológica. "Eu não sou Ziraldo, sou Zuenir." Só depois descobri por que ele deu aquela risada e comentou com admiração:

"Esse Ziraldo!" Na volta, já não era mais um, mas três os garçons me esperando. O primeiro contava para os outros como Ziraldo, isto é, eu, era engraçado:

— Diz pra eles, Ziraldo, como é que você se chama?

Custei a acreditar no que estava acontecendo. Tudo bem que me confundisse com meu amigo humorista, mas considerar meu nome uma piada era demais.

— É Zeuneir, né? Hahahaha! Ainda por cima nome de mulher! Ele prosseguiu: — Como é que é mesmo? Zenueir, né? Hahahaha. Esse Ziraldo!

Os três não paravam de rir. Nessa altura, alguns fregueses se aproximaram para saber o que havia de tão divertido naquele pedaço.

— Quem é? — perguntou alguém.

— É o Ziraldo — respondeu o responsável pela descoberta.

A moça olhou com espanto para minha cara. Jovem, certamente tinha crescido lendo *Menino maluquinho*. A fraude involuntária ia ser descoberta, eu seria desmascarado. Temia que ela puxasse o coro: "Embusteiro, charlatão, fraudador, vigarista, senador." Pensei em desfazer o equívoco, mas morria de medo de que aquele chato voltasse a repetir o número: "Diz pra ela, Ziraldo, como é que você se chama?" Eu queria sumir, mas eles não deixavam. Um já estava querendo autógrafo. Tudo isso deve ter durado uns 15 minutos. Quando voltei para minha mesa, não tive coragem de contar em detalhes o que acontecera. Dei uma desculpa qualquer para a demora.

Até agora ninguém sabe o que "Ziraldo" disse baixinho no ouvido do inconveniente. O fato é que de repente o rapaz perdeu toda a graça, fez silêncio e sossegou.

Esse Ziraldo!

Ser avô

Dizem que as declarações de avô são como as cartas de amor segundo Álvaro de Campos, heterônimo de Fernando Pessoa: são todas ridículas. Por isso, jurei que jamais pagaria mico. Ao contrário de Verissimo, Ziraldo, Ancelmo, Garcia, para citar os mais conspícuos, sou um avô do tipo discreto, reservado, que não gosta de contar vantagens. Quem quiser que se vanglorie. Prometi a mim mesmo que, quando nascesse meu primeiro neto ou neta, não repetiria aqueles gestos piegas, aqueles derramamentos sem pudor dos avôs em geral. Nunca, por exemplo, alguém me ouviria dizer que ser avô é ser pai com açúcar. Por mais que tivesse vontade, eu me conteria diante do bercinho e não diria: "Ah, que gracinha!", "Como ela é viva!" Prometi e cumpro, mantendo autocrítica e distanciamento em relação à minha primeira neta.

Sou um avô tão modesto que, mesmo agora, quando as pessoas garantem que Alice, com poucos dias de nascida, já se parece comigo, é linda, tem os meus olhos, a minha boca, o meu jeito de sorrir e às vezes, virando-se para mim, consegue murmurar algo que cheguei a identificar nitidamente como "vô" (com pronúncia fechada, certamente para não acharem que ela está chamando a "vó"), mesmo assim, não saio por aí exaltando essas proezas e nem venho a público alardeá-las. Não importa que sejam os outros a dizer e que seja tudo verdade, guardo só para mim, não sou de apregoar.

O máximo que pensei fazer foi publicar a foto dela ali em cima, mas não para exibi-la, que ela não gosta dessas coisas, é discreta, saiu ao avô, mas para que os leitores de *O Globo* pudessem ver com seus próprios olhos o que os visitantes, encantados, estão dizendo dela. Só para isso. Meu editor, porém, achou melhor não. Ele alegou que abriria um perigoso precedente, porque iriam aparecer na redação outros avôs reivindicando igual direito, ainda que suas netas não fossem fotogênicas como Alice.

Vocês com certeza gostariam que eu repetisse o que está sendo dito de minha neta, mas resisto, acho ridículo ficar expondo num jornal sentimentos tão particulares. Aqui não é o lugar. O que os leitores têm a ver com essas histórias? Por que eles se interessariam em saber que Alice, diferentemente de outras crianças da sua idade, é fora do comum e tão precoce que no meio de tanta gente já sabe distinguir o seu vô? Como detesto excesso de efusões e arroubos de vaidade, prefiro disfarçar essa satisfação. É uma questão de foro íntimo. Em primeiro lugar, a privacidade de Alice. Nada de despertar narcisismo nela. Que ela saiba de suas extraordinárias virtudes pelos outros, não por mim. Sou assim, um recatado pai com açúcar, o que posso fazer?

Ah, sim, esqueci de dizer que Alice tem mãe, Ana, e pai, Mauro. Mas isso é apenas um detalhe.

Aprendendo a aprender

Você sabe qual é o momento exato em que se descobre a relação entre causa e efeito, de recompensa e castigo ou a distinção entre vontade e desejo? Eu também não, mas pelo menos agora estou vendo o fenômeno ocorrer fora de mim. É que minha neta Alice, de 15 meses, está vivendo essa fase, e eu fico imaginando se ela guardará na memória a emoção que sente ao perceber pela primeira vez que uma chave serve para abrir a porta, que o interruptor pode acender e apagar a luz, que o controle remoto liga a televisão, que apertando um botão ela obtém acordes, que aquela caixa azul guardada no fundo do armário é onde fica escondido o biscoito proibido. E mesmo sem ainda falar, ela já sabe que as palavras não são aleatórias, têm sentido: o som "umbigo" faz com que ela aponte para o próprio. Quando ouve o verbo "dormir", esteja onde estiver, ela se deita no chão e finge que está com sono. Quando alguém diz "vô", ela sabe que se trata de um velho careca que vive babando sobre ela. Não é um gênio?

Sempre ouvi dizer que com as crianças a gente aprende mais do que ensina. Achava uma bobagem, mas não acho mais. Sabe aquelas noções de psicanálise que estão à disposição do leigo em qualquer divã da esquina? Pois a parte referente à infância está sendo posta à prova com Alice. Não, não que ela esteja se interessando por Freud ou Melanie Klein. Ainda não. Eles é que estariam se interessando por seu comportamento.

Lendo o esclarecedor livro *Prepare as crianças para o mundo*, de Ivan Capelatto, David Moisés e Ângela Minatti,* descubro que Alice está na chamada "fase do prazer oral", em que prova o mundo com a boca. Como a única habilidade que a criança traz do útero é a de sugar o leite da mãe, "é natural", explicam os autores, "que (nessa idade) se concentre na boca, língua e garganta toda a energia disponível para lidar com as coisas da nova vida fora daquele barrigão confortável". Portanto, é preciso deixá-la morder o que der na telha, sem repressão: chupetas e mordedores, mas também os brinquedos (desde que limpos), o pezinho, o nosso dedo e a nossa bochecha." Assim é que os bebês sentem prazer, e é assim que começam a gostar de viver por aqui.

É nessa fase também que Alice e seus coleguinhas de geração descobrem que existe um território livre onde podem realizar todas as vontades e caprichos, fazer tudo o que os pais não deixam, como, por exemplo, comer o que não devem na hora indevida. Esse paraíso permissivo onde não há fruto proibido é a casa dos avós.

Aliás, o melhor aprendizado dessa fase é a descoberta de que o bom mesmo é ser avô/avó. A nós, o bônus. O ônus fica para os pais: as noites em claro, o choro pela dor de barriga, as manhas, tudo, enfim, que é desagradável e dá trabalho.

---

* UNICEF, SP, 2009 — prepareomundo@gmail.com

Alice no reino do iPad

Terminei a última coluna perguntando: onde estão os novos Freud, Proust, Kafka e tantos outros que brilharam na Europa do século XX? A resposta, eu antecipava, é discutível. Eles estariam agora nos EUA e se chamariam Steve Jobs, Larry Page, Sergey Brin, Mark Zuckerberg ou Bill Gates. Mas, ainda que portadores de mentes brilhantes, será que eles, passada a emoção pela perda de Jobs, resistem à comparação? Considerando que não é a glorificação imediata, mas o tempo de decantação o que consagra um gênio, terá sido merecida a insistência com que a mídia exaltou o mais conspícuo deles por ocasião de sua morte? A verdade é que não se fazem mais gênios como antigamente e talvez as condições exigidas hoje não sejam as mesmas da época de um Leonardo da Vinci ou de um Thomas Edison.

Nada contra os gênios tecnológicos. Se eu não tivesse outras razões para admirá-los, teria a de que minha neta Alice, que acaba de completar 2 anos, é quem está me ensinando a lidar com o iPad de seu pai, que ela usa sozinha. Não é exagero de avô, não. Estou de fato aprendendo com ela. "Alice, bota o circo." Ela vai no aplicativo e exibe um vídeo com o palhaço, o trapezista, o equilibrista. "Agora, põe o YouTube que tem os meninos discutindo." Ela move a tela com o dedinho e atende ao meu pedido. É assim, aos poucos, que estou me familiarizando com a invenção do Steve Jobs. Só por isso já teria que agradecer a ele e chamá-lo de gênio, mas aí me dou conta de que gênio mesmo é Alice (a mídia é que ainda não descobriu).

Fico me perguntando se, com todos esses apelos audiovisuais, se com todo esse deslumbramento acrítico pelas novas mídias, com esse fascínio atual de índio por espelho, a geração de Alice ainda vai se interessar por livro e pelo que a leitura de um texto propicia: reflexão, conhecimento e senso crítico. Para tranquilizar, me dizem que, em vez de inibir a leitura, essas várias descobertas tecnológicas vão estimulá-la e que nunca se leu e escreveu tanto como agora. É verdade. Mas em geral é uma leitura efêmera e descartável para obter informação instantânea, não entendimento, num processo que desenvolve mais o reflexo do que a reflexão.

Não quero repetir o erro de muitos intelectuais de minha época, que rejeitavam a televisão por não haver ali, como se alegava, vida inteligente, era uma "máquina de fazer doido". Também não proponho o livro como fetiche. Mas a cultura artística e literária é indispensável para fazer avançar a Humanidade. Quase quatro séculos depois, pode-se afirmar, por exemplo, que uma obra como a de Shakespeare "alterou a própria natureza humana", como escreveu Harold Bloom no seu livro *Gênio*. Haverá no Vale do Silício alguém capaz disso? Só o amanhã dirá.

Preguiça de sofrer

São quatro irmãs de sobrenome Sette — Mily, a mais velha, de 86 anos; Guilhermina (84), Maria Elisa (76) e Maria Helena (73) — mais a cunhada Ítala (87), a prima Icléa (90) e a amiga de mais de meio século, Jacy (78). O astral e a energia da "Casa das sete velhinhas" são únicos.

Elas cuidam das plantas, visitam exposições, assistem a shows, leem, jogam baralho, conversam, discutem política, veem televisão, fazem tricô, crochê e sobretudo riem. Só não falam e não deixam falar de doença e infelicidade.

Baixaria, nem pensar... Quando preciso tomar uma injeção de ânimo e rejuvenescimento, subo até lá, como fiz no último sábado.

Já viajamos juntos algumas vezes, como a Tiradentes, por cujas redondezas andamos de jipe, o que naquelas estradas de terra é quase como andar a cavalo. Tudo numa boa. Elas têm uma sede adolescente de novidade e conhecimento. Modéstia à parte, são conhecidas como "As meninas do Zuenir". Me dão a maior força.

Quando sabem que estou fazendo alguma palestra no Rio, tenho a garantia de que a sala não vai ficar vazia.

São meu público cativo e ocupam em geral a primeira fila. Numa dessas ocasiões, com a casa cheia, elas chegaram atrasadas e fizeram rir ao se anunciarem a sério na entrada: "Nós somos as meninas do Zuenir."

Nos conhecemos nos anos 70, quando morávamos no mesmo prédio no Rio e Maria Elisa, que é química, passou a dar aulas particulares de matemática para meus filhos, ainda pequenos, de graça, pelo prazer de ensinar.

Depois nos mudamos, continuamos amigos e nossa referência passou a ser a casa de Itaipava, onde minha mulher e eu temos um cantinho, um pequeno apartamento na parte externa da casa, os "Alpes suíços".

No começo o terreno não passava de um barranco de terra vermelha.

Hoje é um jardim suspenso, com árvores e flores variadas que constituem uma atração para os pássaros. Dessa vez, não cheguei a tempo de ver a cerejeira florida, mas em compensação assisti a uma exibição especial de um casal de papagaios. O interior da casa é um brinco, não fossem elas meio artistas, meio artesãs, todas muito prendadas, como se dizia antigamente.

Helena e Jacy, por exemplo, tecem mantas e colchas de tricô e crochê que já mereceram exposições.

Mily desafia a idade preferindo as novas tecnologias e a modernidade, sem falar no vôlei, de que é torcedora apaixonada. Sabe tudo de computador e, com Jacy, frequenta todos os cursos que pode: de francês a ética, de inglês a filosofia.

Na parede, Tom Jobim observa tudo. A foto é autografada para Elisa, de quem ele foi colega no Andrews.

Aliás, nesse colégio da Zona Sul do Rio, Guilhermina trabalhou 53 anos, como secretária e professora de latim, que ela ensinava pelo método direto, ou seja, falando com os alunos. Ficou muito feliz quando na praia ouviu, vindo de dentro do mar, o grito de alguém no meio das ondas, provavelmente um surfista: "Ave, magister!"

Amiga de personagens como o maestro Villa-Lobos, ela ajudou ou acompanhou a carreira de dezenas de jovens que passaram por aquele tradicional colégio, cujo diretor uma vez lhe fez um rasgado elogio público, ressaltando o quanto ela era indispensável ao educandário. No dia seguinte, ela pediu as contas, com essa sábia alegação: "Eu quero sair enquanto estou no auge, não quando não souberem mais o que fazer comigo."

Foi para casa e teve um choque, achando que não ia suportar a aposentadoria. Durou pouco, porque logo arranjou o que fazer. É tradutora e gosta muito de etimologia: adora estudar a vida das palavras desde suas origens, principalmente quando são gregas. Ah, nas horas vagas faz bijuterias.

Para explicar como se desvencilhou do vazio de deixar um emprego de 53 anos e começar nova vida já velha, Guilhermina usou uma frase que se aplica a todas as outras seis velhinhas e que eu gostaria de adotar também:

— Tenho preguiça de sofrer.

Não são o máximo as meninas do Zuenir?

Um idoso na fila do Detran

"O senhor aqui é idoso", gritava a senhora para o guarda, no meio da confusão na porta do Detran da avenida Presidente Vargas, apontando com o dedo o tal "senhor". Como ninguém protestasse, o policial abriu caminho para que o velhinho enfim passasse à frente de todo mundo para buscar a sua carteira.

O jornal tem recebido muitas cartas elogiando e outras criticando aquele departamento de tão má reputação. Afinal, melhorou ou não o serviço? Cheguei a pensar em sugerir à editoria de Cidade que mandasse fazer uma daquelas matérias em que o repórter desse o seu testemunho. Simularia tirar uma carteira e assim desfaria as dúvidas.

Agora, ali, no posto da Gávea, esperando a minha vez, eu me sentia fazendo as funções desse repórter, e tudo começava bem. A operação toda não demorou nem meia hora e eu já ia aplaudir o atendimento, quando, ao lado da boa notícia — aprovação no exame de vista —, me deram uma má: teria que ir à avenida Presidente Vargas para pegar a carteira.

Foi assim que acabei assistindo àquela confusão de que falei no início. Aliás, não só assisti como dela participei: o "idoso" que a dama solidária queria proteger do empurra-empurra não era outro senão eu.

Até hoje não me refiz do choque, eu que já tinha me acostumado a vários e traumáticos ritos de passagem para a maturidade: dos 40, quando em crise se entra pela primeira vez nos "enta"; dos 50, quando, deprimido, se sente que jamais vai se fazer outros 50 (a gente acha que pode chegar aos 80, mas aos 100?); e dos 60, quando um eufemismo diz que a gente entrou na "terceira idade". Nunca passou pela minha cabeça que houvesse uma outra passagem, um outro marco aos 65 anos. E, muito menos, nunca achei que viesse a ser chamado, tão cedo, de "idoso", ainda mais numa fila do Detran.

Na hora, tive vontade de pedir à tal senhora que falasse mais baixo. Na verdade, tive vontade mesmo foi de lhe dizer: "idoso é o senhor seu pai." O que mais irritava era a ausência total de hesitação ou dúvida. Como é que ela tinha tanta certeza? Que ousadia! Quem lhe garantia que eu tinha 65 anos, se nem pediu pra ver minha identidade? E o guarda paspalhão, por que não criou um caso, exigindo prova e documentos? Será que era tão evidente assim?

Como além de idoso eu era um recém-operado, acabei aceitando ser colocado pela porta a dentro. Mas confesso que furei a fila sonhando com a massa gritando, revoltada: "esse coroa tá furando a fila! Ele não é idoso! Manda ele lá pro fim!" Mas que nada, nem um pio.

O silêncio de aprovação aumentava o sentimento de que eu era ao mesmo tempo privilegiado e vítima — do tempo. Me lembrei da manhã em que acordei fazendo 60 anos: "Isso é uma sacanagem comigo", me disse, "eu não mereço". Há poucos dias, ao revelar minha idade, uma jovem universitária reagira assim: "Mas ninguém lhe dá isso." Respondi que, em matéria de idade, o triste é que ninguém precisa dar para você ter. De qualquer maneira, era um gentil consolo da linda jovem. Ali na porta do Detran nem isso, nenhuma alma caridosa para me "dar" um pouco menos.

Subi e a mocinha da mesa de informações apontou para os balcões 15 e 16, onde havia um cartaz avisando: "Gestantes, deficientes físicos e pessoas idosas". Hesitei um pouco e ela, já impaciente, perguntou: "O senhor não tem mais de 65 anos, não é idoso?"

— Não, sou gestante — tive vontade de responder, mas percebi que não carregava nenhum sinal aparente de que tinha amamentado ou estava prestes a amamentar alguém. Saí resmungando: "Não tenho *mais*, tenho *só* 65 anos."

O ridículo, a partir de uma certa idade, é como você fica avaro em matéria de tempo: briga por causa de um mês, de um dia. "Você nasceu no dia 14, eu sou do dia 15", já ouvi essa discussão.

Enquanto espero ser chamado, vou tentando me lembrar quem me faz companhia nesse triste transe. Aí, se não me falha a memória — e essa é a segunda coisa que mais falha nessa idade — me lembro que Fernando Henrique, Maluf e Chico Anysio estariam sentados ali comigo. Por associação de ideias, ou de idades, vou recordando também que só no jornalismo, entre companheiros de geração, há um respeitável time dos que não entram mais em fila do Detran, ou estão quase não entrando: Ziraldo, Dines, Gullar, Milton Coelho (Lemos, Barreto e Figueiró já andam de graça em ônibus há um bom tempo). Sei que devo estar cometendo injustiça com um ou outro — de ano, meses ou dias — e eles vão ficar bravos. Mas não perdem por esperar: é questão de tempo.

Ah, sim, onde é que eu estava mesmo? "No Detran", diz uma voz. Ah, sim. "E o atendimento?" Ah, sim, está mais civilizado, há mais ordem e limpeza. Mas, mesmo sem entrar em fila, passa-se um dia para renovar a carteira.

Por via das dúvidas, acho melhor o jornal mandar um repórter não idoso fazer a matéria.

O dia em que fui manchete

Vocês devem ter visto a brincadeira.

Os colegas do jornal imprimiram uma falsa primeira página dedicada a mim, incluindo a manchete. A emoção da surpresa quase fez comigo o que o tempo ainda não conseguiu. Por pouco me tirava de campo. Foi o presente de aniversário mais original e criativo que já recebi. Sim, porque fiz 80 anos. Não sei o que o Cristo Redentor está sentindo, já que temos a mesma idade, embora ele esteja mais bem conservado. Quanto a mim, acho que tem gente que merece mais do que eu. Em compensação, estou na companhia ilustre de João Gilberto, FHC, Chico Anysio e Alberto da Costa e Silva, dos que me lembro. Em 1962, Otto Lara Resende escreveu um artigo falando de "crise dos 40". Hoje, 40 anos é um começo. Graças aos avanços da gerontologia, não se fazem mais velhos como antigamente. Os de hoje são muito mais jovens. Basta dizer que os velhinhos de barba e cabelos brancos daquela galeria de antigas celebridades que vemos nos livros não passaram dos 70.

Quem diria que o vetusto d. Pedro II era cinco anos mais novo do que Pelé, com 71? E Machado de Assis de pincenê parece da idade de Roberto Carlos? O provecto Marx tinha quatro anos menos que os 69 de Caetano. A imagem do Barão de Itararé é a de um avô do Ziraldo, e era três anos mais jovem do que o quase octogenário pai do Menino Maluquinho. Já Freud aparentava o que tinha, 83. Mas duvido que aguentasse o pique do jovem Barretão, colega de idade.

Indo mais longe, Cícero, o romano, era um sessentinha que se sentiu com experiência suficiente para escrever um clássico sobre o tema: *De senectute*. Já Norberto Bobbio, muito tempo depois, só se achou maduro para fazer o seu *De senectute* com mais de 80 anos. Entre a exaltação de Cícero e a depreciação de Bobbio ("Quem louva a velhice não a viu de perto"), prefiro o meio-termo. Não caio de paixão pela velhice, mas não concordo com Oscar Niemeyer, que a acha "uma merda" (mas não quer sair dela). A própria adolescência, tão idealizada à distância, é uma das fases mais atormentadas da existência. Não acredito, porém, no mito da ancianidade como fonte de sabedoria. Conheci idiotas aos 18 e aos 80 (vai ver vocês estão falando com um).

De todos os ritos de passagem, o mais traumático foi a virada dos 60, quando descobri que nunca mais faria outros 60 e que passaria a ser chamado de "idoso". Senti como agora o descompasso entre o relógio cronológico e o biológico. Ou o primeiro está adiantado ou o segundo, atrasado. Existe, porém, uma virtude anciã a ser exaltada: a tolerância. Por causa dela é que, olhando o pôr do sol, a gente consegue ver no ocaso a presença de uma serena e crepuscular beleza — quando a vista não falha, bem entendido.

Por fora da moda

A gente vê que está ficando velho (ficando?) quando descobre que não sabe mais o que é moda e resiste a aceitar, por exemplo, o fenômeno UFC-MMA, que é hoje uma febre entre crianças e adolescentes, moças e rapazes, venerandas senhoras e senhores (há previsão de que daqui a pouco vá ultrapassar o vôlei e a Fórmula-1 em popularidade, perdendo apenas para o futebol). A minha rejeição é por não admitir como esporte esse vale-tudo em que um pontapé bem dado pode desfigurar o rosto do adversário, como ocorre frequentemente. Se isso é permitido, como condenar o mesmo tipo de agressão numa briga de trânsito ou de dois alunos numa escola? Quando manifestei essa opinião há tempos, recebi mensagens dizendo que eu parecia desconhecer que essas lutas existem desde a antiguidade greco-romana. Respondi que era verdade, mas que também já foi divertido jogar cristãos vivos na arena para leões famintos, e que pelo menos nisso a civilização avançou. Os leitores que me gozavam por não entender nada do "esporte" até que tinham razão. Entendo tão pouco que, na véspera da disputa do cinturão dos pesos-pesados do

UFC, eu achava que Galvão Bueno é que ia lutar contra Júnior Cigano, por causa do destaque dado pela imprensa ao nosso grande narrador esportivo, que, como disse seu filho Cacá, "acha que entende de tudo", e parece que entende mesmo. Não vi a transmissão, mas fiquei imaginando Galvão atualizando um de seus famosos bordões — "Vai que é tua, Cigano" — e senti saudades dos tempos em que, em vez de gritar "Júnior Cigano do Brasil", ele dizia "Ayrton Senna do Brasil". Sua proposta de herói nacional já foi melhor.

Tenho um sobrinho-neto que adora essas lutas e não se conforma com meu reacionarismo. Tento explicar que me incomoda a violência sob qualquer forma, mesmo a simbólica, que nem é bem o caso, já que os golpes desferidos por esses chamados "gladiadores do século XXI" não são fingidos, como os beijos "técnicos" das novelas, mas pra valer. Contei que fiquei traumatizado quando vi fotos de faces de lutadores completamente deformadas, e um deles chegou a ser impedido de lutar por 180 dias em consequência de "fratura craniana e facial". O sobrinho acha graça da minha ignorância e alega que os chutes no rosto só são permitidos quando os lutadores estão em pé, e eu digo, como Ancelmo Gois, "ah, bom!".

Não adianta, não tem jeito, sou um caso perdido. Vou me juntar a meus colegas jurássicos e me recolher ao parque dos dinossauros mais próximo. Agora estou me preparando para quando minha neta Alice, de 2 anos, me obrigar a correr atrás de autógrafos desses campeões. O pior vai ser quando ela quiser rolar pelo chão comigo brincando de luta e gritando pra mim: "Vai que é tua, Minotauro." Posso não acreditar em milagres, mas em castigo acredito.

Intolerância juvenil

O fenômeno não é novo, já existia no meu tempo de estudante, mas hoje, como tudo, ficou mais cruel, além de ter ganho um nome de difícil tradução: bullying. Sofrer bullying na escola é ser vítima continuada de chacotas, deboche, intimidações e brincadeiras de mau gosto por parte de um ou mais alunos que se unem para infernizar a vida do colega portador de alguma diferença física, humilhando-o por ser gordo ou magro, baixo ou alto, estrábico ou míope.

Pesquisas revelam que cerca de 40% dos estudantes de 5ª a 8ª série das escolas municipais do Rio estão envolvidos em atos de bullying, como alvos ou como autores. Mas o fenômeno é universal. No caso das meninas, as perseguições sistemáticas se fazem através não tanto de ameaças e constrangimentos físicos, mas de exclusão e difamação.

A Associação Brasileira Multiprofissional de Proteção à Infância e Adolescência, Abrapia, desenvolveu um programa-piloto de Redução do Comportamento Agressivo entre Estudantes, criando referências para os alunos que precisam de apoio ou proteção, pois são adolescentes indefesos que não recorrem aos professores ou à direção com medo de represálias. Preferem às vezes não voltar à escola. Faz parte do ritual de violência esse surplus perverso de impor silêncio às vítimas.

A psicanalista Ana Maria Iencarelli, que é presidente da Abrapia e há anos dá assistência a jovens adultos que foram vítimas de bullying, acha um perigo minimizar o fenômeno, como se fosse brincadeira de criança. "Não é uma questão de disciplina escolar, é um problema social." Ela conhece os traumas dos adolescentes que buscam compensar nas drogas a "angústia da impotência" e a autoestima que perderam na infância.

Por outro lado, a psicanalista não tem dúvida de que os agressores "fazem um treinamento" para o futuro. Em geral filhos de famílias desestruturadas, com pouco relacionamento afetivo e sem o controle dos pais, eles vão ser, como prevê Ana Maria, "os delinquentes sociais de amanhã. Não o bandidão, mas aquele que assalta velhinhas, que escolhe o mais fraco para se sentir poderoso, para alimentar sua onipotência".

Professores e diretores nem sempre estão preparados para enfrentar esses atos de agressão continuada. Não sabendo como evitá-los, nem como puni-los, acabam estimulando a impunidade. Agora mesmo, dois pais de estudantes tiveram que recorrer à Abrapia, solicitando sua interferência para impedir que os filhos continuem sendo vítimas de bullying num grande colégio de Ipanema. A direção do educandário sequer havia convocado os responsáveis pelos quatro ou cinco agressores para chamar-lhes a atenção.

Por que os jovens não gostam de política?

E agora, como definir nossos jovens? Eles parecem se divertir desorientando-nos, adoram desarrumar ideias feitas sobre eles, estão sempre surpreendendo. Não se diz que eles são alienados, ignorantes, despolitizados e descrentes? A imprensa anda cheia de exemplos e há pesquisas que confirmam essa impressão.

Mas de repente eles desmentem tudo isso. *Época* lançou um concurso, e cerca de 2 mil trabalhos de adolescentes de 13 a 17 anos de todo o país chegaram à redação, entre textos, fotos e ilustrações. Foi feito um número especial com 67 reportagens selecionadas, e outros números poderiam ter sido editados com o que sobrou: a qualidade dificultou a seleção.

Eles aparecem como repórteres, fotógrafos ou chargistas mostrando o Brasil, expondo problemas, sugerindo soluções, pensando, refletindo. Essas quase crianças escrevem sobre assuntos de gente grande com uma desenvoltura desconcertante. Uma, Danielle de Oliveira, na petulância talentosa de seus 15 anos, fez uma paródia da carta de Pero Vaz de Caminha, dirigida a ele próprio.

"Aquela terra sem dono que avistaste hoje está nas mãos de governantes que pouco ou nada fazem pelo povo", ela escreve, depois de relatar para o seu correspondente as nossas mazelas: a devastação ambiental, a poluição das águas, a falta de terra para plantar, o desemprego, a fome, a prostituição infantil.

Mas não é uma reportagem maniqueísta, para baixo, só sobre o lado ruim. A jovem repórter foi capaz de ressaltar também os aspectos positivos do país, como a miscigenação racial, razão de orgulho nacional. "Somos formados de uma verdadeira mistura étnica e cultural, daí o motivo de sermos um dos povos mais bonitos do mundo."

Outro colega, Luís Alberto Pereira, de 16 anos, escreveu sobre o delicado tema da "suposta influência" que filmes, programas de TV e outras obras violentas teriam sobre os jovens. Com uma lógica de raciocínio que se espera encontrar não nas pessoas de 16, mas no mínimo nas de 61 anos, ele lembrou que muitos já usaram a Bíblia como álibi para cometer crimes, mas ninguém "ousou culpar o teor das Escrituras Sagradas". Sensato, ele afirma: "A liberdade intelectual não pode ser censurada."

Esse número especial deveria circular em Brasília como leitura obrigatória dos políticos. Aliás, segundo o editor da edição, Luiz Vita, os jovens se preocuparam muito com os temas sociais, científicos e culturais, mas "escreveu-se menos sobre assuntos políticos e econômicos".

A observação, acrescida de alguns dados do Tribunal Superior Eleitoral que revelam o desinteresse dos jovens em votar, forma um quadro sintomático. Pesquisando no TSE e no IBGE, a repórter Inês Amorim descobriu que, nas últimas eleições, o número de eleitores de 16 e 17 anos, com direito ao voto facultativo, caiu 43%. Apenas 27% deles foram às urnas.

É o caso de perguntar: por que será que os jovens, mesmo os mais ligados, se desinteressam cada vez mais da política? A culpa será deles? Uma boa pergunta para os políticos responderem.

Geração anfetamina

O título é de uma crônica de João Ximenes Braga, que a escreveu depois de assistir a um show careta com um grupo em que havia dois universitários, um rapaz de 20 anos e uma moça de 19, típicos representantes do que ele chamou de "geração anfetamina", em contraposição à sua, do "antidepressivo". Ele se surpreendeu ao descobrir que em meia hora cada um dos dois havia consumido uma cartela de dez comprimidos de um anorexígeno tarja preta e, "para rebater, outras tantas doses de vodca com energético". Foi um choque geracional: acostumado com gente que procurava a todo custo se desestressar, Ximenes se defrontava com jovens que "enchiam-se de química para ficarem mais pilhados, mais intensos". Se alguém um pouco mais velho, com 36 anos, não entende direito o que se passa logo abaixo, imagina quem tem o dobro, o triplo de idade, até mais.

  Sempre foi difícil compreender um jovem pelos que deixam de sê-lo. Mas acho que não tanto quanto agora. Antigamente era fácil distinguir: esse aqui é rebelde, contestador, esse outro é conservador. Hoje, a garotada pode ser tudo ao mesmo tempo. O rapaz universitário, por exemplo, na manhã do dia seguinte, para espanto do cronista, foi fazer prova na PUC, como se tivesse dormido com os anjos. Comportam-se às vezes de maneira para nós estranha, e parece que predomina neles a atração meio agônica pelo paroxismo — a vertigem, a voragem, o risco e o transe. Em uma palavra, o êxtase, ou melhor, o ecstasy, a droga--símbolo dessa tribo.

Não estão a fim de fazer uma revolução para mudar o mundo, mas de criar o seu próprio. Em vez de uma nova vida, um substituto a ela, um universo paralelo, ainda que artificial, sem que isso signifique necessariamente viver à margem, como "marginais", à maneira dos hippies. Filhos de um tempo que decretou o fim da história, das ideologias e das utopias, eles por sua vez derrubaram tabus, cancelaram limites e passaram a querer tudo a que não têm direito. Nem mesmo a liberdade sexual se apresenta como reivindicação, conquistada que foi pelos que vieram antes. A própria transgressão não é mais uma busca como era nos anos 60, mas uma prática corriqueira e natural. Por isso é que se surpreendem: "Traficante, eu? Sou universitário."

Essa reação dos que foram presos há pouco eu vi quando no ano passado cobri uma operação policial que desbaratou outra rede desses novos traficantes. Em muitos, a insolência de classe: "Vocês estão perdendo seu tempo. Daqui a pouco um advogado vem me tirar." Em todos, a (in)consciência tranquila de que podem tudo. Pretendo voltar ao tema, mas por ora a conclusão é que não se trata de um problema social. Como têm poder aquisitivo, são de classe média, não há como jogar a culpa nas más condições de vida. Para entender, não adianta chamar um sociólogo. É melhor um psicólogo.

Ainda os jovens e as drogas

Atenção. Ao se falar de "geração anfetamina", como fiz antes, é bom ter cuidado com as generalizações. Não se pode estigmatizar toda uma geração tomando a parte pelo todo e o desvio pela norma. Nem todo jovem moderno usa droga e, entre os que usam, nem todos são viciados, muito menos traficantes. O uso recreativo é mais comum do que o consumo dependente, e um não leva obrigatoriamente ao outro, embora seja um processo de alto risco porque mesmo simples experimentações podem alterar metabolismos e criar uma química que a vontade dificilmente controla. Além do mais, no começo, antes de produzir sofrimento e morte, as drogas dão prazer: desinibem, soltam freios, liberam desejos reprimidos. Daí a sedução que exercem.

Dito isso, é sempre bom repetir o que é óbvio, mas que a gente esquece: as drogas não são causa, são efeito. Combatendo apenas as consequências e só com repressão policial, como em geral se faz, não se resolve o problema. No fundo, sabe-se muito pouco delas, as drogas, e deles, os jovens. O psicanalista João Batista Ferreira, que profissionalmente os conhece bem, usa o mito do Éden para definir o adolescente como a criança que foi expulsa do paraíso. "Mas enquanto a criança leva dez anos para amadurecer, o adolescente leva dez dias" — em meio a uma revolução dos hormônios. "E não adianta tentar silenciá-los, porque o corpo vai gritar."

Constatamos essa turbulência corporal e psicológica, e percebemos que ela os deixa perdidos, mas resistimos a achar que a desorientação não é só deles, mas também nossa. "Falamos muito em desajuste", observa João Batista, "mas o desajuste é muito mais nosso do que deles, que hoje sabem muito mais coisas do que os pais e os professores, estando mais inseridos no mundo da globalização. A cabeça jovem está preparada para a tecnologia, o computador, a internet, o celular, o iPod". Assim, a autoridade do saber não funciona sobre eles, nem o moralismo, nem as ameaças de que o vício destrói os neurônios, faz mal à saúde etc. O psicanalista diz que as ameaças "não os movem nem os comovem mais", pois vivem num mundo sem garantias onde até a água está ameaçada de extinção.

P.S.: Melhor do que tudo o que eu disse será ver em breve *Meu nome não é Johnny*, um filme excelente que ensina mais sobre as drogas e os jovens urbanos do que qualquer tratado ou lição. É a história de um rapaz que "tinha tudo, menos limite", contada sem intenções moralistas ou didáticas. Devia ser passado em colégios, faculdades e outros lugares frequentados pela juventude urbana de classe média. Sem falar no desempenho de Selton Mello, que revela, a exemplo de Wagner Moura em *Tropa de elite*, a força dramática de dois extraordinários intérpretes.

Quem disse que o sentimento é kitsch?

Todas as cartas de amor são ridículas, já advertiu poeticamente Fernando Pessoa na voz do seu heterônimo Álvaro de Campos. Não só as cartas de amor, ele acrescentou, mas também "os sentimentos esdrúxulos".

Na verdade, por pudor crítico, a gente tende a achar ridículos todos os sentimentos, ou todas as cartas e confissões sentimentais, esquecendo-se de que, como disse Pessoa no mesmo poema, "só as criaturas que nunca escreveram cartas de amor é que são ridículas".

Em matéria de emoções, o medo de ser ridículo nos faz mais ridículos. Impomos tantas restrições ao que vem do coração que somos capazes de exibir ideias pobres com o maior desplante, mas temos vergonha de demonstrar até os melhores sentimentos, ainda mais agora que os ventos pós-modernos propõem a razão cética e a lógica cínica como visão de mundo, confundindo tudo com pieguice, fraqueza ou capitulação sentimental.

Isso fica claro em certas situações críticas, na solidão noturna de um corredor de hospital, diante de riscos impensáveis, em face da doença de um filho. Nesses momentos, a alma cheia de cuidados e desassossegos se abre para o despudor sentimental, para a onda de solidariedade com a qual amigos, ah, os amigos, banham a nossa angústia.

Aí o que vale não é a linguagem convencional, incapaz de descrever a experiência, mas as formas emocionais de comunicação. Não importam os significantes mas os significados, os gestos gratuitos, aparentemente sem utilidade, uma palavra apenas, às vezes nem isso, um toque, um bilhete, um aperto de mão, um abraço mudo, um olhar úmido, um símbolo — nada de novo, de original, mas quanto conforto!

Costuma-se exaltar a cabeça como fonte da razão e denunciar o coração como sede da insensatez, como músculo incapaz de ter autocrítica e de ser original. Que seja assim. E daí? Nada pior do que uma ideia feita, mas nada melhor do que um sentimento usado. A cabeça pode gostar de novidade, mas o coração adora repetir o já provado. Se as ideias vivem da originalidade, os sentimentos gostam da redundância. Não é por acaso que o prazer procura a repetição.

As teorias da comunicação ensinam que só há informação quando há originalidade, ou seja, quanto menor for a redundância de uma mensagem, maior será a sua taxa de informação. Se você comunica a uma pessoa o que ela já sabe, a quantidade de informação é zero.

Não há dúvida de que isso funciona para a informação semântica. Ninguém lê jornal de ontem, nem vai atrás do já visto. Quando se muda de campo, porém, e se entra no terreno da mensagem sentimental, lírica ou emocional, parece ocorrer o contrário: o amor, a amizade e o afeto são recorrentes, insistentes, precisam, pedem confirmação.

Talvez por isso a gente não se canse de revisitar a poesia, a mais lírica das expressões. A redundância não diminui a beleza nem o teor poético de um poema. Nada mais prazeroso do que repetir versos de cor. Houve uma época em que nós, adolescentes, declamávamos poemas como hoje se recitam letras de rap. Revidava-se Drummond com Bandeira; a um Lorca se respondia com um Pessoa; cultivava-se João Cabral de Melo Neto e havia sempre um Vinicius para acalentar uma cantada.

A poesia serve para disfarçar o pudor e serve também para exprimir o indizível — aqueles estados de intensidade emocional que exigem formas requintadas e duradouras de expressão. Em certas horas, o melhor remédio são versos esparsos de esquecidos poemas. Eles vêm ao acaso, trazidos pela memória involuntária. "O sol tão claro lá fora e em minh'alma anoitecendo", de Bandeira, ou "Esta manhã tem a tristeza de um crepúsculo", também dele. "Há um amargo de boca na minha alma", de Pessoa. "Apagada e vil tristeza", de Camões, e assim por diante, como se fosse uma antologia do coração.

Em *A insustentável leveza do ser*, o best-seller que todo mundo leu nos anos 80, Kundera escreveu várias páginas sobre o perigo da manipulação de sentimentos pelo poder que em geral leva ao kitsch político, ou seja, à contravenção, ao engodo na política. É preciso cuidado porque o fenômeno ronda todas as formas de expressão do homem e está sempre à espreita das realizações artísticas.

Tudo bem, todo cuidado é pouco, não se faz arte com bons sentimentos — o kitsch é o mau gosto estético. Mas quem disse que a vida é uma obra de arte? Quem disse que o sentimento é kitsch?

Politicamente (in)correto

É preciso cuidado com os importados, principalmente quando se trata de produtos culturais. Por exemplo, veio dos EUA a instituição do politicamente correto, que no começo pode ter feito bem aos nossos costumes, pois serviu para neutralizar os exageros e impropriedades de palavras e gestos que revelavam preconceitos de um imaginário racista e sexista. Me lembro do repertório que na escola usávamos como xingamentos contra pessoas diferenciadas por raça, cor, religião ou físico: "Ô, judeu!", "Ô, crioulo!", "Ô, balofo!", "Ô, anãozinho!". Evitar esses termos ofensivos ou depreciativos, substituindo-os por eufemismos, isto é, por expressões mais suaves e delicadas, constituía o primeiro passo na luta contra a discriminação. Afinal, a agressão verbal era um sintoma.

Como princípio de respeito às minorias e aos marginalizados, nada mais justo. Mas de exagero em exagero, chegou-se ao ridículo e à intolerância, que tomaram conta da prática, abolindo o bom-senso, a brincadeira e a graça, inclusive no humor. Era como se fosse possível fazer rir sem alguma inconveniência. O processo culminou com a tentativa governamental de publicar uma cartilha estigmatizando até palavras como "comunista", o que provocou protesto do arquiteto Oscar Niemeyer: "Eu me orgulho de ser um comunista. Não ser é que é uma merda." Pelos critérios da nova forma de censura, a Justiça não é cega, mas deficiente visual, Caetano Veloso não poderia cantar *Eu sou neguinha*, e Chico Buarque deveria ser advertido porque na música *Meu caro amigo* ele manda dizer a Augusto Boal que "a coisa aqui tá preta"? A iniciativa do "índex" foi tão absurda que se desmoralizou por conta própria.

Por essas e outras, a reação generalizada ao politicamente correto acabou por provocar um fenômeno igualmente nocivo: para combatê-lo, recorreu-se ao seu contrário, o politicamente incorreto, que, mal interpretado, passou a justificar todo tipo de deslizes e inconveniências — de linguagem, de caráter e de costumes. Alguém faz uma grosseria, usa um termo chulo, um gesto obsceno, a tendência é classificá-lo, dependendo da sua condição social, não como cafajeste, mas como politicamente incorreto. Um desrespeito às regras ganha às vezes status de estilo, uma infração às normas pode virar valor estético. Aceita-se a má educação como se ela fosse o antídoto contra a caretice. Outro dia, vi um cavalheiro colocar o carro em cima da calçada e dizer: "Cansei do choque de ordem! Esse prefeito pensa que está em Nova York?"

Num país com tantas transgressões morais e políticas, o perigo não é o politicamente correto, cujos excessos não são mais levados a sério. O risco é o politicamente incorreto apresentando-se com o glamour da insubordinação e o charme da malandragem, de tão profundas raízes no folclore urbano carioca.

Conversa de cego

Leniro Alves é cego. Sei que deveria chamá-lo de deficiente visual, que é a expressão politicamente correta. Mas nem ele mesmo faz questão desse tratamento que os bons modos recomendam dispensar aos portadores de um defeito... está bem, de uma deficiência física. Assim como um medicamento às vezes produz efeito paradoxal, contrário ao pretendido, o uso desses eufemismos pode disfarçar uma piedade preconceituosa. Quando Leniro por acaso ouve a observação "tão bonitinho e cego", ele não deixa passar: "Você quer dizer que, além de cego, eu tinha que ser feio, ter pé grande e morar longe?"

Ele me relata por e-mail uma série de casos e situações, a maioria fazendo parte do show "Ceguinho é a mãe", de seu colega de deficiência, o humorista mineiro Geraldo Magela, que criou um espetáculo, como ele mesmo diz, "diferente, irreverente e conscientizador, testado e aprovado pelo público brasileiro em várias oportunidades".

"Muitas pessoas acham que, por eu ser cego, todo mundo na minha casa tem que ser também: a mulher, os filhos, o cachorro, o papagaio." Às vezes ocorrem diálogos assim:

— Sua mulher é normal?

— Não, ela tem antena, rodinha e entrada para CD!

— Você é cego total?

— Não, só até as 18 horas, depois eu dirijo um táxi.

Nós outros, o colunista careca, os gordos, os baixinhos e os muito altos somos sempre pontos de referência. Eu, por exemplo, já cansei de ouvir em salas de espetáculo: "Ainda tem um lugar ali perto do careca." Que ainda é menos ridículo do que "o senhor calvo" ou "com pouco cabelo". Mas segundo o meu leitor cego, a pior referência é a do tipo: "quero ficar ceguinho se estiver mentindo." Ele comenta: "Fica parecendo que todo cego é mentiroso."

Leniro acha que num certo sentido "ser cego é como ser brasileiro: viver aqui é uma fonte inesgotável para os bem humorados e/ou humoristas exercerem seu talento". Segundo ele, "como os cegos são vistos em geral como cegos em todos os sentidos e não apenas no físico, isso lhes dá o ensejo de viver situações muito engraçadas".

O mais curioso, além do humor incomplacente e autogozador presente nessas histórias, é a revelação da atitude piegas dos que se aproximam dos deficientes com a melhor das intenções e a pior das práticas estigmatizantes. Sem querer, acabam fazendo a cara de como se estivessem dizendo: "pobrezinho coitado" ou "coitado do ceguinho". Cheios de pena, às vezes mal disfarçam o sentimento de superioridade que os move involuntariamente.

Uma das maiores dificuldades dos cegos é atravessar uma rua, principalmente numa cidade como o Rio, onde os motoristas, se pudessem, retirariam das pistas tudo o que não se move sobre quatro rodas, ou então passariam por cima, como às vezes passam. Leniro, por intermédio de Geraldo, me orienta:

"A maneira mais correta de atravessar um cego na rua é você deixar que o cego segure o seu braço, pois assim ele sente todos os seus movimentos. Você pode correr, descer escada, subir escada, pular buraco que não tem problema. A maioria das pessoas pega o cego pelo braço, suspende e aperta, mas aperta com tanta força que dá a impressão de que o cego quer fugir. E o cego não quer fugir, ele só quer atravessar a rua."

    O cotidiano de um cego é cheio de imprevistos. "Outro dia mesmo, eu estava com uma pressa danada e queria atravessar a rua, mas ninguém me dava o braço. Olhei para um lado, olhei para o outro e não vi ninguém, até porque sou cego. E decidi: 'O primeiro que me roçar o braço, eu agarro e atravesso.' Dito e feito: o primeiro que me esbarrou o braço eu agarrei nele e nós atravessamos em meio às buzinas. Ao chegar do outro lado, fui agradecer:

— Muito obrigado.

— Não, eu é que agradeço, eu sou cego.

— Uai, você também!

    O que esses cegos nos ensinam, com esse comportamento irreverente e inesperado, politicamente incorreto na aparência, é que o preconceito e a discriminação não se corrigem só pelo uso bem comportado da linguagem, por mais importante que ela seja como portadora de clichês e estereótipos. Não adianta evitar palavras e expressões como "denegrir", "judiar", "cego de raiva", sem mudar a cabeça. Assim, como retórica, o politicamente correto serve apenas para disfarçar o preconceito e tornar o nosso racismo mais cordial.

Se não me falha a...

Na semana passada, vivi uma experiência muito desagradável, ao descobrir que havia perdido a memória — memória virtual, bem entendido, mas hoje tão imprescindível quanto a real. Por causa de uma pane ou vírus, desapareceram de meu computador os quase quatro mil e-mails que estavam na caixa de entrada. Os arquivos não foram atacados, só o correio eletrônico.

Graças a Deus, a amnésia durou apenas 48 horas. Um bendito técnico recuperou, senão toda, pelo menos parte da correspondência (os "Itens enviados" dançaram todos). Mas esse lapso de tempo foi o bastante para me fazer sentir um desmemoriado. A sensação é a pior possível. De repente, a gente perde as referências e lembranças, fica-se sem os registros afetivos armazenados, sem estímulos e afagos, sem tudo aquilo que é o melhor para quem escreve: o retorno.

Em um segundo, cadê aquelas mensagens carinhosas que te enterneceram? Onde está aquele leitor com o qual você trocou alguns e-mails e já se sentiam amigos de infância? O que fazer com as respostas que você deixou para dar depois porque requeriam uma certa reflexão, não podiam ser dadas de estalo? E as outras tantas não respondidas por falta de tempo? Como vai se sentir a jovem deprimida que pediu um help meio desesperado e vai receber o silêncio?

Luis Buñuel escreveu que "vida sem memória não é vida" e que a gente só descobre isso quando a perde. "Nossa memória é nossa coerência, nossa razão, nosso sentimento, até mesmo nossa ação." Sei que ele estava falando de memória real, não virtual, mas nesses dois dias pude imaginar o que deve ser o branco total, a ausência de qualquer vestígio de passado no hipocampo, que é a região do cérebro responsável pela guarda de nossas recordações, se não me falha a memória (a memória é a segunda coisa que mais falha depois de uma certa idade. Só não falha mais do que, bem, vocês sabem).

A propósito, como tenho péssima memória, adoro piadas sobre o tema. O problema é que vivo repetindo as mesmas, esquecendo que já as contei. Mas há duas muito engraçadinhas, vou contar (ou recontar). A primeira é sobre as três piores coisas da velhice. Vocês sabem quais são? Não sabem? Então vou dizer: as três piores coisas da velhice são a esclerose e... e... das outras duas eu me esqueci.

Embora essa piada fizesse muito sucesso, parei de contar no dia em que, sem mais nem menos, não consegui me lembrar da palavra "esclerose". As pessoas riram muito, achando que fazia parte do número, mas a verdade é que na hora me deu um branco e a palavra não veio. Aí passei a contar outra, mais fácil de memorizar. Um velhinho está conversando com outro e lá pelas tantas empaca: "Se não me falha a... se não me falha a..." E quedê que a palavra saía? Ele se concentrou, estalou os dedos, deu tratos à bola, puxou pela... pela... e nada.

Mas o pior é quando a sua amnésia se torna piada. Um dia me recomendaram um santo remédio para corrigir aquelas falhas que tanto irritam a gente: o esquecimento do título de um filme, do nome de uma música, do rosto que você sabe que conhece, mas como é que se chama mesmo? Daquela palavra que você diz estar na ponta da língua e que não sai nunca. Sem falar daqueles chatos que chegam perguntando "você está se lembrando de mim?" e se você mente — "claro, imagina" — ele desafia: "então diz de onde, como é meu nome?" (Isso já me aconteceu muitas vezes e eu não sei o que mais senti, se vergonha ou raiva da pessoa.)

Mas, enfim, o tal remédio estava na moda, era uma espécie de viagra pra cabeça, todo mundo andava tomando e contando maravilhas de seus efeitos regeneradores. Já era lenda. Você tomava um comprimido, e toda aquela névoa que envolvia o seu hipocampo se desfazia como por milagre. O manto que encobria todo o arquivo morto em que se transformara o seu acervo de experiência árdua e longamente acumulada, era finalmente removido. Quanto saber escondido era afinal revelado?

O medicamento chamava-se... chamava-se, será que vou me lembrar? Ginca Biroba, acho; não, Ginko Biloba, é isso (ou será Quincas Borba? Não, esse é um livro. Ou será Kiko Brito? Não, esse é um amigo. Daqui a pouco eu me lembro). Comprei logo um vidro, e passei a recomendá-lo a todos os amigos que se queixavam do mal.

Só parei de tomar no dia em que numa roda em que se reclamava do mal, eu interrompi a conversa, feliz por poder dar a nova receita. Não era uma roda de amigos, alguns eu nem conhecia bem. Para me mostrar, anunciei a salvação mnemônica. Vocês podem imaginar a expectativa. Pois foi nesse momento que a névoa voltou, foi voltando, como se eu estivesse subindo a serra de Friburgo: veio vindo, veio vindo e encobriu tudo.

"Espera um momentinho, daqui a pouco eu me lembro, hoje mesmo, antes de vir para cá, eu recomendei a um colega, como é que isso foi acontecer?" Eu já estava suando quando ouvi a primeira gargalhada. A situação foi tão constrangedora que não me lembro como terminou.

Às vezes é até bom a gente sofrer de falta de..., de falta de... Daqui a pouco eu me lembro.

Não é para principiantes

Há uma pergunta clássica que não só os brasileiros vivem se fazendo, mas também os estrangeiros: que país é esse no qual convivem tantas contradições e que parece se divertir em ser irredutível às classificações e rebelde às previsões? Um francês, Roger Bastide, chamou-o de "país dos contrastes", mas é possível que seja mais do que isso, que seja o país da ambiguidade.

Vai ver que não foi por acaso que "inventamos" o mulato, nosso jeitinho contra a polarização, síntese literal e metafórica do homem brasileiro. Para o antropólogo Roberto DaMatta, o mulato é a ilustração da tese de que o Brasil, ao contrário dos Estados Unidos e da África do Sul, gosta do intermediário, do meio-termo, do ambivalente e ambíguo.

Os jornalistas estrangeiros nos perguntam muito: "O Brasil é cordial ou violento? Se é cordial, como se explica tanta violência? Se é violento, por que as pessoas têm tanta *joie de vivre*, como se pode observar andando pelas ruas?" A única certeza é que não se consegue entendê-lo com olhos maniqueístas ou mesmo cartesianos. O Brasil nunca é uma coisa ou outra, mas as duas. Não é isso ou aquilo, mas isso e aquilo.

Complexo e meio imprevisível, ao mesmo tempo cordial e violento, generoso e mesquinho, honesto e corrupto, operoso e preguiçoso, egoísta e solidário, o povo brasileiro a toda hora desmente o que se diz dele, a favor ou contra. Em 1869, o conde de Gobineau fez uma profecia. Cônsul da França no Rio, amigo e interlocutor do imperador Pedro II, ele ficou mal impressionado com a nossa mistura de raças, cores e etnias, e garantiu que, como povo, o Brasil não duraria duzentos anos.

Quando há uns dois anos Bill Clinton esteve no Brasil, um de seus diplomatas se referiu à nossa "corrupção endêmica". No dia seguinte, o presidente do Supremo Tribunal Federal, o presidente do Senado, uma diretora da escola de samba da Mangueira e todas as facções políticas do país se uniram numa onda de revolta patriótica que só cessou com um pedido de desculpas. Aí aconteceu o inverso: desmontada a arrogância imperial americana, passou-se da indignação ao carinho e o presidente americano foi coberto de afeto.

Somos assim, cheios de altos e baixos: mudamos facilmente de humor e de opinião, passamos rapidamente de um extremo a outro. Dependendo da cotação de nossa autoestima, ou somos os melhores ou somos os piores do mundo. Basta lembrar a última Copa do Mundo: o segundo lugar nos humilhou. Ou somos o primeiro ou não somos nada. Um dos explicadores de Brasil chegou a escrever, imaginem, que a tristeza é a nossa característica. "Numa terra radiosa vive um povo triste", ele disse. Só é se o observamos numa fila de hospital, espremido num ônibus, pingente de um trem, vendo a corrupção de sua elite, os escândalos. Mas experimente observá-lo numa festa coletiva, na alegria de uma comunhão de massa, num momento de celebração — no carnaval, ou numa festa de réveillon de Iemanjá.

Diz-se também que o povo brasileiro é omisso, não cumpre suas obrigações cívicas. No dia a dia, de fato, nem sempre servimos de exemplo para a civilidade e a cidadania. Mas também vivemos num cotidiano iníquo de violência e miséria. Em compensação, foi esse mesmo povo que levou o país a tomar posição contra o nazi-fascismo na Segunda Guerra, que saiu às ruas para derrubar as ditaduras do Estado Novo e a dos militares, que fez campanha pela anistia, pela volta dos exilados, pela redemocratização e que sobretudo provocou o impeachment de um presidente corrupto no começo dos anos 90. E isso sem sangue e sem violência.

Acho que o Brasil é um laboratório, no sentido de lugar ou espaço onde se fazem experiências em geral, boas ou más — um rico laboratório do ponto de vista racial, social e cultural. Ele é um laboratório de miscigenação, de multiculturalismo, de música, de cinema, de arquitetura e, claro, de futebol.

É curioso como o país nasceu com essa sina. Não é só uma vocação que ele tem, mas que lhe atribuem. Os primeiros textos, as impressões iniciais dos viajantes foram sempre de êxtase e encantamento. Os europeus achavam que se estava experimentando aqui algo de extraordinário: aqui era o laboratório de um novo homem.

Antes do descobrimento, antes da observação direta, a imaginação e a fantasia da velha Europa haviam povoado estas nossas terras com monstros e seres fantásticos, amazonas e animais descomunais. O primeiro choque foi o da normalidade: os descobridores se espantaram porque encontraram homens comuns e criaturas normais.

Quinhentos anos depois, o melhor é ainda deixar de lado os mitos de exaltação e os mitos de depreciação e admitir que nem sempre o país corresponde à imagem que se faz dele lá fora: às vezes é pior e às vezes, melhor. É um país comum, mas complexo. Para entender esse laboratório, o mais prudente é aceitar o conselho do grande maestro Tom Jobim, que dizia: "O Brasil não é um país para principiantes."

As últimas do mineiro

Talvez porque numa das vezes em que alguém bateu com a língua nos dentes um pescoço foi parar na forca, Minas trabalha em silêncio, como se diz. Pode não ser verdade, mas é a versão, que acaba prejudicando mais do que favorecendo a imagem de um estado que, além das riquezas naturais e de uma poderosa tradição política, tem o maior patrimônio histórico-cultural do país. Numa época de predomínio do marketing, em que o importante é mostrar mais do que fazer, ficar calado no seu canto pode não ser um bom negócio.

Como afirma um amigo de Belo Horizonte, "temos os melhores grupos de dança do país, cantores e compositores excelentes, artistas plásticos e grupos teatrais de alta qualidade, mas não divulgamos, temos pudor de nos exibir, de mostrar ao país o que somos".

Ele acredita que de fora se tem uma visão regionalista limitada à memória e à questão do patrimônio histórico, à longa tradição de pedra e cal da cultura mineira. Sem descuidar desse acervo (só de barroco estão ali 65% do patrimônio nacional), o desafio dos governantes mineiros é mostrar sem reserva o que Minas tem de mais moderno, cosmopolita e contemporâneo.

Mas acho que não será tão fácil assim. A não ser meu amigo Ziraldo, que adora se mostrar, tendo aliás razão para isso, que outro mineiro vocês imaginam chamando a atenção para o que está fazendo? Num artigo famoso, Guimarães Rosa listou 66 adjetivos com os quais são caracterizados seus conterrâneos. Eles vão de "acanhado, afável, desconfiado", até "sonso, sóbrio, taciturno, tímido", passando por "precavido, pão-duro, perspicaz, quieto, irônico, meditativo".

Fernando Sabino, que conhece a alma mineira como a dele próprio, tem várias histórias para ilustrar como seus conterrâneos ficam sempre na moita. Mineiro não gosta de revelar nem a identidade.

— *Qual é o seu nome todo?*— *pergunta o carioca.*
— *Diz a parte que você sabe* — *desconversa o mineiro.*

Nessa aqui o escritor conta o diálogo com um motorista mineiro em Nova York:

— *Ah, você também é de Minas?*
— *Sou sim sinhô.*
— *De onde?*
— *De Minas mesmo.*

Se consegue esconder até de onde é, imagina quando lhe pedem uma opinião política.

— *Que tal é o prefeito daqui?*
— *O prefeito? É tal qual eles falam dele.*
— *Que é que falam dele?*

— *Dele? Uai, esse trem todo que falam de tudo que é prefeito.*

Há quem alegue que o que se diz em forma de anedota está longe de ser a verdade sobre Minas, são apenas versões. Então me lembro do dia em que alguém reclamou de José Maria Alkmin: "Criei a frase 'o que importa é a versão, não o fato', e todo mundo atribui ela a você." Ao que ele respondeu: "Isso só confirma a frase."

Portanto, imprima-se a versão.

As últimas do judeu

O perigo das generalizações. Como tenho amigos baianos cuja marca é o humor e a autogozação, sempre prontos a se ironizar, achei que todo baiano era assim. Daí a brincadeira que fiz na última coluna, contando não piadas, mas algumas histórias engraçadas da terra de todos os santos e alegrias. Conclusão: recebi uma meia dúzia de e-mails revoltados, indignados ou simplesmente desaforados me acusando de preconceituoso e ingrato. "Bestas somos nós, os baianos" — lamenta-se Vera —, "habituados a brindar quem vem de fora com nossa hospitalidade e o retorno é isso aí: o reforço dos nocivos e pedantes preconceitos".

"Se você acha a Bahia muito lenta é simples" — recomenda outro leitor —, "não venha. Fique no eixo Rio-São Paulo. Ora sendo assaltado, ora sendo sequestrado. Coisa de gente moderna, ágil e inteligente como você". Outros igualmente enfurecidos disseram que preguiçoso era eu que contava piadas velhas e escrevia uma crônica sem qualquer originalidade. Eles têm razão, só que não precisavam dizer isso com tanta raiva.

Tive que responder explicando que adoro a Bahia, que curto o "baiano way of life", que no artigo eu dizia ser "revigorante voltar à Bahia, reencontrar sua gente, sua maneira de ser, seu ritmo em câmera lenta" etc. Argumentava que nem toda brincadeira é preconceituosa (há muitas que são racistas e devem ser repudiadas) e que muitas histórias do gênero me foram contadas por baianos bem-humorados. Vale lembrar que o politicamente correto é uma prática saudável, mas que se desmoralizou quando perdeu o humor.

Mas vamos reconhecer que houve também muita incompetência de minha parte. Se eu não soube passar a evidência do meu caso de amor com a Bahia, a ponto de acharem o contrário, é porque a crônica foi mal escrita. Em caso de incompreensão, a culpa em geral é de quem escreve, não de quem lê. Se bem que, no caso, foi uma minoria que não entendeu bem. Digamos que as duas partes foram culpadas: meio a meio.

Estava às voltas com essa questão quando recebi o livro *As melhores piadas do humor judaico*, de Abram Zylberstajn. Além de hilário, funciona como lição para quem não me entendeu e também para mim, que não me fiz entender. Acho que ninguém pode acusar o autor de preconceituoso, ainda que fazendo, como Woody Allen, humor sobre si mesmo.

Dizem que Abram, que infelizmente não conheço, é a alegria das festas e reuniões, onde costuma contar suas anedotas. Elas faziam tanto sucesso que seus amigos o convenceram a publicá-las em livro (sua técnica é irresistível: o tempo, os cortes, o ritmo são perfeitos). Um dos amigos, ninguém menos que o casseta Marcelo Madureira, o Agamenon, do Globo, apresenta a obra, advertindo para a diferença entre as piadas sobre judeus, às vezes preconceituosas, e o humor ídiche do autor: "É papa finíssima, pois além de ser muito engraçado, contém ensinamento de vida. É um humor profundamente sábio e filosófico, ousaria dizer que chega a ser educativo."

O livro não é novo, mas como eu não conhecia as histórias, acredito que muita gente também não. Por isso quero dar uma pequena pala, reproduzindo algumas, as menores, por problema de espaço:

Raquel vai ao médico e faz a seguinte queixa:
— Doutor, estou perdendo a memória.
— Desde quando?
— Desde quando o quê?

Jacó aborda uma moça em plena avenida Atlântica.
— O senhor pensa que eu sou uma prostituta? — pergunta ela, indignada.
— Quem é que falou em pagar?

Jacó sai da boate com uma tremenda gata. Sente-se tão contente que, antes de entrar no carro, dirige-se ao porteiro, coloca algo no bolso de seu paletó e murmura:
— É para o uísque.
Depois que o carro some de vista, o porteiro, ansioso, mete a mão no bolso do paletó. Encontra duas pedras de gelo.

Isaac perdeu a carteira num cinema. Quando se deu conta, anunciou aos berros:
— Senhoras e senhores, perdi uma carteira com mil reais. Ofereço trezentos à pessoa que a encontrar.
Do fundo do salão ouve-se uma voz:
— Eu ofereço quatrocentos!

Uma mãe judia passeia com os dois filhos. Alguém pergunta a idade das crianças:

— *O médico tem 4, o engenheiro 2,5.*

A professora dita o seguinte problema aos seus alunos:
— *Quanto renderiam 5 mil reais em dois anos, em um banco que pagasse juros de um por cento ao ano?*
A garotada começa a fazer as contas. No fundo da classe, um garotinho fica parado. A professora estranha:
— *Jacozinho, por que você não tenta resolver o problema? Esqueceu como se calcula?*
— *Não, professora; é que um por cento ao ano não compensa.*

Sara vai ao ginecologista:
— *Senhora Sara* — *pergunta o médico, após o exame* —, *quando faz amor com seu marido, ambos ainda têm orgasmo?*
— *Isaac!* — *berra Sara ao marido, que está lendo uma revista na recepção.* — *O doutor quer saber se a gente ainda tem orgasmo.*
— *Diz pra ele que não, que só tem Golden Cross!*

Há muito mais, são 147 páginas de boas gargalhadas.

P.S.: Para evitar mal-entendidos, uma advertência: o autor do livro é judeu. O do artigo também — converteu-se para se casar com uma judia. E não é piada de judeu.

A mídia premiada

Uma das críticas que se faz ao jornalismo atual — vamos ficar apenas nessa — atribui a ele incompetência ou preguiça em esgotar ou mesmo aprofundar os assuntos tratados. Entre leitores mais velhos e até entre profissionais jovens há a crença de que antigamente, na minha época, digamos, as reportagens eram mais completas e melhores. Hoje, com o advento das novas tecnologias de comunicação e a aceleração do tempo, muitos acreditam que não há mais lugar para as matérias grandes. Nem os leitores teriam mais paciência de lê-las e nem os jornalistas, de escrevê-las. Exagerando, pode-se dizer que um texto com mais de 140 caracteres já começa a cansar. Isso, porém, só é verdade entre aqueles que acham que pelo Twitter é possível escrever até *Os lusíadas*.

Acabo de participar como jurado de dois prêmios de jornalismo (o 10º Ayrton Senna e o 12º Embratel, ambos de 2010), e o que li, vi e ouvi desmente essa impressão de inferioridade da imprensa de hoje em relação à de ontem. Ao contrário, sob muitos aspectos ela aprimorou a prática de ir fundo nas coisas. Tanto em um quanto em outro concurso, houve mais de mil trabalhos inscritos apresentando níveis de excelência que em alguns casos chegaram a dificultar a escolha dos premiados. Essas duas amostras autorizam a afirmar que não houve um acontecimento pertinente, um episódio importante da vida nacional nestes últimos meses que não tenha sido noticiado, ou mesmo revelado, por algum veículo ou por todos: jornal, revista, rádio, TV ou site de internet.

Pense no mensalão do DEM e outros escândalos, nos atos secretos do Senado, no vazamento da prova do Enem, na pedofilia, epidemia de crack, Aids, fraudes e corrupção. Isso para só falar das reportagens investigativas, sem contar as outras categorias, que incluem os temas esportivo, cultural, educacional, econômico, tecnológico e ambiental.

A imprensa atual pode até pecar por excesso, já que é acusada, por exemplo, de preferir o denuncismo e a violência. Mas não por omissão. Hoje na mídia, nada se esconde, tudo se escancara, às vezes até demais.

As amargas não

Como reação ao noticiário jornalístico quase sempre negativo, pode estar havendo, quem sabe, um saudável enjoo, um indisfarçável fastio em relação às baixarias, uma espécie de sede das boas-novas. Chega de dengue! Chega de violência! Chega de corrupção! "As amargas não", diria Álvaro Moreyra, que deixou um livro com esse título. Um leitor se espanta: "Não é possível que só haja coisa ruim no país!" Olho as primeiras páginas do dia e a verdade é que só encontro uma notícia boa: o anúncio do fim do racionamento. Assim mesmo, como se sabe, não é uma boa coisa que começa, mas uma ruim que termina. Para variar, a responsabilidade por esse quadro é em geral atribuída à morbidez e ao masoquismo dos jornalistas. Acho um pouco injusto, pois não inventamos a realidade, embora possamos aumentá-la. Mas o que se vai fazer, essa é a voz do povo leitor.

    Um deles, um amigo de Belo Horizonte, reclama do colunista. "Ultimamente, parece que os mosquitos morderam seu astral. Para com isso. Nós, público leitor, gostamos das suas críticas, mas uma visão otimista é fundamental." Afonso conta como anda a disposição dele e da mulher: "Outro dia, estávamos conversando, Taty e eu: não aguentamos mais ver maldades na TV. Nem nas novelas. Quando uma vilã qualquer vai fazer uma sacanagem, a gente troca de canal."

Por isso é que Arnaldo Jabor, depois de ver o *Fabuloso destino de Amélie Poulain*, decidiu: "Eu quero, eu preciso me 'alienar', como se dizia antigamente. A 'alienação' virou uma necessidade social." Ele suplicou publicamente: "Amélie, eu quero ser outro. Não quero ser mais eu." O filme, para quem não viu, é um fenômeno mundial que conquistou milhões de espectadores na Europa e nos Estados Unidos. Na França, é a maior bilheteria de todos os tempos. Só falta agora ganhar o Oscar de melhor filme estrangeiro.

A história é uma doce fábula, um delicioso conto de fada. Amélie detém o poder da fantasia, capaz de levar felicidade à concierge, ao vizinho, ao escritor frustrado, à solitária colega de trabalho. Seu olhar é o de uma criança que não esqueceu as brincadeiras, a magia e o sonho. Pessoa do bem, suas ações são tão puras quanto as intenções. Cheia de solidariedade e compaixão, ela vive para consertar o mundo, pelo menos o mundo à sua volta, o do seu bairro: conspira para aproximar casais, forja cartas de amor, trama contra os maus e favorece os bons. Ao contrário dos filmes que propõem a prática do mal (matar, aterrorizar, torturar, trair, estuprar), esse ensina a amar e querer bem.

Há os que não gostam do filme, seguindo uma tendência de considerar piegas qualquer sentimento. Um crítico francês, xiita do realismo, disparou contra ele uma carga de oito adjetivos: "ultraformalista, artificial, enfadonho, sentimental, descolado da realidade, populista, demagógico e reacionário." Como Jabor, curti muito e saí do cinema com a sensação de que havia feito uma viagem a alguns daqueles prazeres perdidos da infância, ao mundo encantado do faz de conta. Dos tiros desferidos pelo irado crítico, só um de fato acerta *Amélie*, o de "descolado da realidade".

É verdade. Só que isso, em vez de defeito, é sua maior qualidade. Trata-se de uma viagem onírica e fantástica, um barato antirrealista.

Passei duas horas como uma criança. E não só eu. Um dos divertimentos da personagem Amélie é ficar olhando pra trás no cinema para ver a reação das pessoas. Fiz isso discretamente, quando o filme estava acabando, e vi a cara de satisfação e felicidade dos espectadores. Nem uma onda de mosquito *Aedes aegypti* sobrevoando o ambiente perturbaria aquele estado de graça.

O fabuloso mundo de Amélie tem uma base real: ela luta com dificuldades, trabalha como garçonete no Café Tabac des Deux Moulins e mora em Montmartre, que os computadores se encarregaram de limpar de tudo o que fosse desagradável aos olhos: não tem sujeira, não tem miséria, drogas ou violência. Os franceses estão aproveitando o sucesso do filme para promover turisticamente o bairro onde ele foi rodado e para fazer jogos do tipo: "Você tem alma de Amélie?" "Se você fosse Amélie, faria bem a quem?" "Como é o seu jeito de ser Amélie?"

Sob o efeito-Amélie, deixei a sessão sem pensar que podia ser assaltado na esquina ou atacado por um mosquito de dengue. Sei que se pode alegar que é um filme ingênuo e edificante, que leva à alienação. Tudo bem. Mas também se pode dizer que a convivência diária com o mal leva a uma evasão mais perniciosa ainda: a de achar que ele, por ser banal, é natural. Além do mais, não se vai ao cinema ver um filme de ficção para viver a vida, mas para sonhá-la — como faz Amélie, essa sim, uma mulher de verdade. Por que não?

O fim de um mundo

No dia 11 de setembro de 2001 onde você estava? Às 9h45 dessa manhã o que você fazia? Como você reagiu ao maior atentado terrorista de todos os tempos? Acho que cada um que viveu de perto ou de longe aquela tragédia tem uma lembrança chocante. O repórter da TV Globo Edney Silvestre, que morava próximo às torres gêmeas, recorda o horror: "Do terraço do meu prédio dava pra ver o grande buraco e os rolos de fumaça provocados pelo incêndio depois do choque dos dois aviões. Foi a cobertura mais devastadora, pessoalmente inclusive, que já fiz." Edney frequentava as livrarias, os cafés e as lojas dos três primeiros andares e do subsolo dos prédios por onde circulavam diariamente milhares de pessoas. Enquanto caminhava para o local, ouvindo as sirenes das ambulâncias e o apito dos guardas tentando organizar a fuga, ele imaginava que tivesse acontecido uma grande tragédia. "O que eu não sabia é que ninguém se salvara, a não ser os que conseguiram fugir no início. Quase 3 mil pessoas simplesmente sumiram."

Quanto a mim, aqui no Rio, a primeira reação foi de incredulidade. Alguém telefonou e perguntou se eu estava vendo televisão. "Então liga." Liguei no momento em que a segunda torre era atingida. Achei que se tratava de um filme. Não podia ser verdade. O mundo virtual está tão presente em nossas vidas que às vezes parece mais real do que a própria realidade. Só à noite fui sentir toda a dimensão da tragédia, quando Fátima Bernardes e William Bonner anunciaram o ocorrido no *Jornal Nacional*. Assim:

F — 11 de setembro de 2001.

W — Uma terça-feira que vai marcar a história da humanidade.

F — A maior potência do planeta é alvejada pelo terror.

W — World Trade Center, Nova York.

F — No mais importante centro financeiro do mundo uma torre queima depois de ser atingida por um avião.

W — Enquanto o incêndio avança no arranha-céu, um segundo avião é jogado contra a torre vizinha.

F — E em menos de duas horas, dois dos prédios mais altos do mundo se desfazem numa montanha de poeira e fumaça.

W — Na cidade-sede do poder americano outra aeronave despenca sobre o Pentágono, o centro de inteligência militar.

F — E mais um Boeing cai na Pensilvânia.

W — O planeta em alerta geral.

[...]

F — O dia em que os americanos experimentaram o horror de uma grande guerra.

Enquanto eles apresentavam as "chamadas" dos acontecimentos, as estarrecedoras imagens da tragédia iam se alternando na tela. Não era o início do fim do mundo, como parecia. Mas era o fim de um mundo — um capítulo cujos efeitos psicológicos, políticos, ideológicos e militares perduram até hoje.

Amar o transitório

Carpe diem **é uma expressão** latina presente numa ode do poeta Horácio, da Roma Antiga, e que ficou popular no fim dos anos 80 por causa do filme *Sociedade dos poetas mortos*, de Peter Weir, em que funcionava como lema do personagem interpretado por Robin Williams. Quem viu não esquece aquele professor de literatura carismático que subverteu a caretice de uma escola conservadora, exaltando a liberdade e a poesia, e ensinando seus alunos a pensar por si mesmos. Carpe diem significa "aproveite o dia de hoje", ou seja, desconfie do amanhã, não se preocupe com o futuro, não deixe passar as oportunidades de prazer e gozo que lhe são oferecidas aqui e agora.

Isso me foi lembrado por um amigo numa conversa em que lamentávamos algumas ameaças à saúde que atingiram pessoas queridas. Derrotas para o corpo. Trapaças que ele apronta na forma de um tombo traiçoeiro ou do defeito de uma peça do nosso mecanismo.

Falávamos de quanto tempo se perde com bobagens que nos aborrecem além da conta, deixando passar momentos preciosos como, por exemplo, uma dessas nossas luminosas manhãs que nenhuma outra cidade consegue produzir com igual esplendor. Desprezamos por piegas as emoções singelas e vivemos à espera das ocasiões especiais, de um estado permanente de felicidade, sonhando com apoteoses e sentindo saudades do passado e até do futuro, sem curtir o presente. Só quando surge a perspectiva da perda é que damos valor a deleites simples ao nosso alcance, como ler um bom livro, ouvir uma boa música, ver Alice sorrir, assistir a *O discurso do rei*, receber o afago de leitor(a), voltar a andar no calçadão, beber uma água de coco ou admirar o pôr do sol no Arpoador.

Foi depois desse papo de exaltação hedonista que meu amigo concluiu que, como o destino nem sempre avisa quando vai aprontar, urge curtir enquanto é tempo — carpe diem. O grande poeta pernambucano Carlos Pena Filho, que morreu aos 31 anos num acidente de carro, em 1960, disse mais ou menos o mesmo num dos mais belos sonetos da língua portuguesa, "A solidão e sua porta", que termina assim:

        Lembra-te que afinal te resta a vida
Com tudo que é insolvente e provisório
    E de que ainda tens uma saída
            Entrar no acaso e amar o transitório.

Caros leitores

Uma das dificuldades para quem escreve regularmente em jornal é a escolha do tema, é adivinhar o gosto do leitor, sua preferência, é decifrar esse enigma. Em palestras, o que mais perguntam é: "Para quem você escreve?" "Na hora de escrever, você pensa em quem?" A resposta sincera é: "não sei." Para mim, o leitor é um mistério que não cansa de surpreender. Uma vez me encomendaram um livro para explicar o sucesso de Paulo Coelho. Como ele gostou do projeto e prometeu colaborar, aceitei o desafio, mas logo me dei conta de que a tarefa era impossível. Desisti, alegando: "Se eu conseguisse descobrir esse segredo, não ia dividir com o público a descoberta; usaria só para mim." Já imaginaram o sucesso que eu faria?

Tudo isso vem a propósito do último artigo que escrevi, "Amar o transitório", uma homenagem a amigos que estão com sérios problemas de saúde. Embora triste, ou por isso mesmo, eu falava do *carpe diem*, da importância de curtir o momento e valorizar os pequenos prazeres do dia a dia, em vez de perder tempo com certas preocupações e angústias que afinal se revelam inúteis. Não me lembro de outro texto que tenha provocado tanta repercussão em e-mails, telefonemas e pessoalmente. Falo sem risco de cabotinismo porque sei que o mérito é do assunto, não da crônica. Ou da sintonia de sentimentos entre quem escreveu e quem leu.

Meu sobrinho Antonio, de 17 anos, me telefonou: "Parece que você escreveu pra mim." Essa frase e outras semelhantes apareceram em mensagens de mulheres e homens de várias idades, cujas identidades omito porque não pedi autorização para revelar. De uma leitora: "Você adivinhou o que eu precisava ouvir. Retomei ontem uma relação de cinco anos que já teve muitas idas e vindas, porque, justamente, acho que eu não estava dando o justo valor ao aqui e agora." De outra: "Acabo de recortar o seu quadrado do jornal e pendurar na porta da geladeira, para ler, como uma espécie de antídoto, todas as manhãs." Mais uma: "Sua crônica me fez um bem danado." De um médico: "Por que te escrevo? Afeto e gratidão: como foi refrescante ler teu texto hoje no *Globo*."

De um jornalista: "Sua crônica me fez lembrar a letra da música *Mrs. Vanderbilt*, de Paul McCartney, cujo refrão '*What's the use of worrying*' (algo como 'Que utilidade tem a preocupação?') defende que se viva a vida. Combina muito bem com *Don't worry be happy* (Não se preocupe, seja feliz), canção de Bob McFerrin. Ambas fazem a apologia do prazer imediato em oposição às preocupações com pequenas coisas que muitas vezes indevidamente perturbam nossa vida."

De um poeta: "Adorei. Sua crônica é uma bela celebração da vida." É isso aí, leitores, viva a vida!

O corpo que faz sucesso lá fora

Em pleno Carnaval, o maior desfile de corpos que o Brasil exporta para o mundo, chegou a notícia quase irônica de que são outros corpos brasileiros, nada carnavalescos, que estão na moda lá fora. "As passarelas estão coalhadas de garotas do Brasil", escreveu uma correspondente americana em Paris, chamando a atenção para esses "corpos incríveis, que exalam sexualidade".

Como o texto ressalta o glamour, a beleza, o *sex appeal*, a sensualidade, o balanço do andar, o movimento excitante das cadeiras desses "corpos abençoados", como diz a jornalista, pensa-se logo em quê? Claro que nas milhares de lindas mulatas que desfilam nas escolas de samba do Rio e de São Paulo, só para citar as que a televisão mostra.

De fato, a julgar pelos turistas estrangeiros que vêm para o Carnaval, nada excita mais seu imaginário erótico e sua sensualidade do que esses corpos bronzeados gingando ao som dos surdos e tamborins: seios nus, ou quase, púbis na mesma situação, bumbuns tão cobertos quanto um fio dental cobriria um dente. Enquanto o rosto ri e canta, a parte de baixo do corpo, como se tivesse autonomia, controle próprio, vai descendo até próximo ao chão, rebolando, se contorcendo, descendo e subindo.

Talvez seja difícil encontrar em outro corpo em movimento tanta energia erótica, tanta sugestão de lascívia e concupiscência, tudo isso sem perder a beleza, sem cair na vulgaridade. "Não acredito", repetia perplexo e extasiado um alemão diante desse espetáculo na Marquês de Sapucaí no Rio, na última segunda-feira, enquanto os olhos maravilhados seguiam os movimentos — desciam e subiam.

Segundo o despacho da correspondente, na última temporada de moda só havia de brasileira Gisele Bündchen, a modelo mais bem paga do mundo (algo como 7 mil dólares por hora de trabalho). Hoje, só em Milão, há 12 e, em outras passarelas da Europa, se encontram dezenas de jovens desfilando nossa elegante beleza.

O mais curioso é que, como Gisele, essas garotas não têm nada de mulatas e são o tipo que a gente costuma discriminar, classificando de "pouco brasileiro": louras, olhos verdes ou azuis, cabelos lisos, seios fartos em vez de bumbum grande. E nomes ou sobrenomes difíceis de se pronunciar: além de Bündchen, estão lá as Weickert, Zimmerman, Ileck, Malman, Pugliese.

Qual será o mistério desse sucesso? Os próprios figurinistas e agentes de modelo tentam explicar. Um fala na "estrutura óssea pequena, mas com todas as curvas no lugar". Outro atribui "aos genes", explicando que "praticamente toda modelo do Brasil é uma mistura de europeu com outra raça".

De qualquer maneira, o que faz a singularidade do corpo feminino brasileiro parece não ser a cor da pele, nem dos olhos, mas um jeito especial de ser sensual: de andar, de olhar. A explicação não estaria no corpo, mas na expressão corporal, da qual exala sempre muita sexualidade, num momento em que as americanas e europeias estão querendo assumir a sua. "As brasileiras costumam ter total controle sobre sua sexualidade", disse um outro entendido em corpo e moda. "Elas têm orgulho de ser mulher." Na parte que nos toca, podemos acrescentar que os brasileiros também têm muito orgulho de tê-las como modelos de mulher.

A moda terminal

Já declararam o fim da memória, da escrita, da pintura, da fotografia, do teatro, do rádio, das ferrovias, da História e já anunciaram até que o mundo ia se acabar. Todos os que previram esses desfechos chegaram ao fim antes. Agora, a moda é decretar que o jornalismo está terminando (e o livro também). Citam *The New York Times, Washington Post, Le Monde, Newsweek* como alguns dos veículos com sérias dificuldades financeiras. Reconheço que há argumentos respeitáveis e indícios preocupantes. Mas vamos relativizar o pânico. No Brasil, por exemplo, nos dois últimos anos, a circulação dos diários cresceu. Em 2007, enquanto a expansão mundial não passou de 2,5%, aqui foi de 11,8%.

Desconfio muito das antecipações feitas por um mundo que não conseguiu prever nem a crise econômica atual. Além do mais, nunca antes na história — como diz aquele que já aboliu os jornais de sua vida — uma nova tecnologia de comunicação eliminou a anterior. Com o advento da escrita — para citar a primeira dessas transformações — acreditava-se que, por desuso, a memória iria desaparecer. Dispondo de um suporte mecânico para registrar suas experiências, o homem não usaria mais a cabeça. Pra que decorar, se era possível guardar tudo em forma de letrinhas? (A última especulação no gênero é a de que o Google vai tornar inúteis arquivos e bibliotecas.)

Antes se dizia que a "civilização visual" (a TV) iria abolir a "civilização verbal". Uma imagem vale mais que mil palavras, repetia-se, esquecendo-se de que só se diz isso com palavras. Agora se afirma, veja a ironia, que a internet veio salvar a escrita que a TV estava matando. De fato, nunca se escreveu tanto quanto hoje, pelo menos em e-mails. A onipresença desse universo online passou então a funcionar como uma espécie de pá de cal sobre o jornal. Só que a internet ainda precisa da confirmação e do endosso do "impresso", de seu prestígio e credibilidade. Pergunte a um divulgador o que ele prefere para seu contratado, uma página na internet ou uma notinha no Ancelmo ou no Gente Boa. Os blogueiros sérios que me perdoem, mas a rede não é confiável (ainda bem para Verissimo e Jabor, pelo que costumam atribuir a eles ali). Uma vez, um site noticiou que eu tinha morrido. Houve controvérsia, mas eu só não morri mesmo porque a notícia não saiu nos jornais.

Por tudo isso, é provável que, em vez de extermínio, haja convergência e convivência de mídias, como já está ocorrendo. Muitos dos blogs e sites mais influentes estão hospedados em jornais e revistas.

Não merecem o celular

Como o avião ainda é um dos poucos lugares onde se respeita o direito do outro ao silêncio, é preciso cuidado na hora de liberar o uso de celular durante os voos, como se pretende. Nenhuma implicância com o telefone, mas com aquelas pessoas que têm o hábito de ultrapassar o limite de decibéis estabelecido pela boa educação e pela sensibilidade dos tímpanos. Numa de minhas viagens, havia no hall do aeroporto um senhor com dois aparelhos. Falava em um deles, interrompia quando tocava o segundo — "já te ligo" — e continuava falando tão alto que os passageiros foram se afastando e deixando-o sozinho numa área do salão.

Assim, ele permaneceu na fila, assim entrou e sentou-se (olha o azar) ao meu lado, sempre falando. Despachou com a secretária, deu uma bronca na filha que não queria ir para o colégio, fechou um negócio no Canadá, voltou a ligar para saber da mulher se a menina obedecera a sua ordem e fez uma rápida consulta ao médico. Estávamos nas primeiras poltronas, mas da última ele devia estar sendo ouvido, e acho que o interlocutor do Canadá nem precisou do aparelho para ouvir também. De repente, avisou: "Vou desligar porque tem um chato aqui que parece não gostar de telefone." Quer dizer, o chato não era ele, que estava incomodando os que iam ser seus companheiros de viagem, mas eu, que estava lendo meu livro e apenas estranhei com um olhar o seu exagerado tom de voz.

Fiquei imaginando cinquenta, cem sujeitos desses gritando ao telefone numa viagem de oito horas, ou de uma que fosse. Porque eles pertencem a uma fauna cada vez maior dos sem desconfiômetro, os que invadem pelo ar o espaço de quem está lendo, dormindo, conversando baixinho ou simplesmente pensando na vida. O humorista Tutty Vasques classificou de "evasão de privacidade" o fenômeno das celebridades que usam a mídia para expor suas intimidades. No caso, o exibicionismo se dá através do celular. Por acaso, já ouvi surpreendentes confissões de alcova saídas da boca de insuspeitadas senhoras.

Se os usuários de celular se limitassem a essa conquista aérea, eu ainda me conformaria, desde que as companhias fornecessem borrachinhas e algodão para o ouvido. Mas temo que, liberado o celular nos voos, haja um movimento para que se faça o mesmo nos cinemas, teatros e salas de concerto. Tentativas não faltam. Muitos já insistem em não respeitar a interdição nesses recintos, deixando os aparelhos ligados. Quem já não viveu um desconforto desses durante um filme ou uma peça?

Decididamente, na nossa elite falante há os que não foram preparados para usar civilizadamente esse avanço da civilização, que em Portugal é chamado com mais propriedade de telemóvel, porque é mesmo onipresente.

O novo boca a boca

Tomara que não seja verdade, porque, se for, os críticos, comentaristas, os chamados formadores de opinião, todos corremos o risco de perder nossa razão de ser e nossos empregos. Há uma nova ameaça à vista. Dizem que a internet será em breve, já está sendo, o boca a boca de milhões de pessoas, isto é, vai substituir aquele processo usado tradicionalmente para recomendar um filme, uma peça, um livro e até um candidato. Não mais a orientação transmitida pela imprensa e nem mesmo as dicas dadas pessoalmente — tudo seria feito virtualmente pelos mecanismos de mobilização da rede. A hipótese surgiu a partir da eleição de Barack Obama, cuja vitória é atribuída ao movimento que se espalhou como um vírus pelo território da internet, obtendo um impressionante volume de adesão de eleitores e de arrecadação de recursos.

Uma das estrategistas dessa campanha on-line foi uma jovem de 25 anos de origem síria e nacionalidade canadense, Rahaf Harfoush, que acaba de lançar o livro *Yes, we did* ("Sim, nós fizemos"), como desdobramento do slogan do candidato democrata, "Yes, we can" ("Sim, nós podemos"). Li não o livro, mas uma entrevista em que ela conta como Obama venceu Hillary Clinton e, depois, John McCain. "Formaram-se 35 mil grupos de voluntários que conseguiram 13 milhões de e-mails de eleitores em potencial aos quais enviaram um bilhão de mensagens, convidando para 200 mil eventos. Essa mobilização conseguiu arrecadar 750 milhões de dólares, mais do que o dobro de McCain, através de pequenas doações entre vinte e cinquenta dólares."

Segundo ela, os cérebros da campanha idealizaram um conceito — a hipersegmentação — que consiste em personalizar o máximo possível a comunicação. Nada de mensagens em massa. Elas eram divididas por local de residência, idade e nível de renda. Rahaf explica: "As pessoas se guiam pelas opiniões do ambiente que as cerca, de um familiar, de um amigo, de um vizinho, bem mais do que pelas opiniões de um especialista ou de alguém que aparece na televisão. Com a internet e as redes sociais, estamos voltando ao boca a boca."

O entrevistador, o espanhol Ramón Muñoz, lembrou a visita que o então candidato Obama fez à sede do Google, quando confessou: "Quero mudar o mundo, como o Google mudou." E perguntou, com graça e malícia, "se num futuro próximo o Google não será o candidato ideal à presidência dos Estados Unidos". Rahaf Harfoush não respondeu.

Puxando a brasa para a minha sardinha, acho que no Brasil isso está longe de acontecer. Por culpa do desrespeito à autoria, dos boatos mentirosos, das mensagens fraudadas, a internet aqui não tem credibilidade total, ainda precisa do endosso da palavra impressa e do velho boca a boca do amigo, do colega de trabalho ou do vizinho. Em último caso, até de um colunista qualquer. Há gosto para tudo.

O território da crendice

Recebo de um leitor pela internet uma crônica assinada por Luis Fernando Verissimo contando como se viciou em droga. "Tudo começou quando eu tinha 14 anos e um amigo chegou com aquele papo de experimenta, depois quando você quiser é só parar... e eu fui na dele. Primeiro, ele me ofereceu coisa leve, disse que era de 'raiz', da terra, que não fazia mal, e me deu um inofensivo disco de Chitãozinho e Chororó e em seguida um de Leandro e Leonardo."

O processo de dependência foi avançando. "Depois de muito tempo de consumo, a droga perde o efeito, e você começa a querer cada vez mais. Comecei a frequentar o submundo e correr atrás das paradas." Daí ao fundo do poço um pulo. Foi quando ele passou a escutar "popozudas, bondes, tigres, MC Serginho, Lacraias". "Hoje estou internado em uma clínica. Meus verdadeiros amigos fizeram a única coisa que poderiam ter feito por mim. Meu tratamento está sendo muito duro: doses cavalares de MPB, bossa nova, rock progressivo e blues. Mas o médico falou que eu talvez tenha que recorrer ao jazz e até mesmo a Mozart, Beethoven e Bach."

Verissimo, como se vê, estaria vivendo um drama, se não fosse o fato de que nunca usou drogas, jamais escreveu essa crônica e nem a escreveria, por preconceituosa. O mistério é saber por que o autor da fraude, com uma ideia criativa e um texto até certo ponto engraçado, preferiu esconder-se atrás do anonimato, perdendo a chance de ser reconhecido como cronista?

Quase ao mesmo tempo, levo um susto ao ler "Zuenir Ventura topou tuitar! Agora é com ele". E descobrir os vários tweets que "enviei". A Bruno Mazzeo, eu disse que acho excelente o trabalho dele, como acho mesmo. A Eike Batista, eu me declaro pretensiosamente seu "caro amigo" (e fico imaginando o homem mais rico do Brasil lendo essa oferecida declaração). A um outro, eu informo que estou "fechando a coluna". Com exceção de algumas pérolas como "é melhor dizer besteira do que fazer", não há nada que eu não pudesse ter escrito. Só que não escrevi, pois nunca tive Twitter.

Em matéria de apropriação indébita, cada colunista tem uma história parecida, o que nos leva a algumas indagações. O que é verdadeiro e o que é falso no mundo digital? O que é legítimo e o que é apócrifo na internet? Será que a rede veio para dar adeus ao direito autoral e à propriedade intelectual? Quando o pessoal do *CQC* resolveu gozar a credulidade desse território da crendice simulando uma briga entre dois de seus repórteres, até sites e jornais levaram a sério a brincadeira, repercutindo a farsa.

Em suma: acredito que exista vida inteligente na internet, mas ela está precisando de um pouco mais de superego, ou seja, de desconfiômetro.

Quem lê tantos e-mails?

Toda vez que volto de uma viagem mais demorada e vejo aquelas centenas de e-mails acumulados, me dá uma preguiça parecida com a de Caetano Veloso em uma de suas mais bonitas músicas, *Alegria alegria*. Lembram-se? "O sol nas bancas de revistas/me enche de alegria e preguiça/quem lê tantas notícias, eu vou." Quem consegue ler hoje tantos e-mails? Acho impossível. Agora mesmo, enquanto estou escrevendo, olho desanimado lá para aquela janelinha de baixo e vejo os números: 8.623 mensagens, 2.912 não lidas (na verdade li, mas ficam assinaladas como se eu não tivesse lido). Claro que isso é a soma de vários anos, mas de qualquer maneira é aflitivo. Minha filha esteve aqui outro dia e disse que era "uma loucura", meu computador não podia ficar tão sobrecarregado, eu devia selecionar, arquivar algumas, excluir outras etc. Um amigo ameaçou aparecer num dia em que eu não estivesse para deletar tudo de uma só vez. Ele jura que eu não vou dar por falta do que for excluído. Fico com pena e prometo eu mesmo fazer um expurgo, mas nada feito.

Sinceramente, o que incomoda não são as mensagens dos leitores, principalmente as de elogio (as de xingamento deleto já na primeira linha, sem precisar ler o resto). Esse papo eu acho ótimo, quem não gosta? O problema é a quantidade de lixo que a gente recebe e o tempo que gasta jogando fora. Agora então tem a série das promessas de milagres tipo "aumente o seu pênis", "resolva seu problema de ereção", "aprenda a ter orgasmos múltiplos". Só nesse último fim de semana recebi uns quatro oferecimentos de um novo produto, o "New Super Viagra".

O e-mail contava a história de um certo John, que até os 41 anos mantinha excelente performance sexual, mas aí as coisas começaram a piorar e ele passou a tomar Viagra. Viveu oito meses feliz, até que... Foi então que encontrou Stamina RX. John toma dois comprimidos 15 minutos "antes do intercurso" e é tiro e queda. Trinta minutos depois pode começar tudo de novo. Daí o anúncio comemorar: "good bye, Viagra, hello Stamina RX".

E as mensagens prometendo aumentar o pênis? É uma atrás da outra. Já estou ficando meio grilado: será que é só comigo, será que só eu recebo, será que reclamaram? Para tirar a limpo, acho que vou ligar para o Pitanga, o Alfredo e o Xico para saber se eles estão sendo procurados por esse anúncio também. Irritado com a insistência resolvi responder, só de sacanagem. Fingi grande interesse e perguntei se eles podiam fazer um pacote único, uma espécie de tratamento combinado, associando o tal milagre do crescimento com o poderoso Stamina RX. E terminava explicando que para mim não servia um sem o outro: "Só os dois me adiantam", escrevi. Até agora não obtive resposta, mas estou rindo da confusão que deve ter se estabelecido na cabeça dos gringos, que nunca estão preparados para pedidos diferentes: um vendedor ligando para o outro para saber como fazer, não querendo perder o freguês, já imaginaram?

Em compensação, me chegou outra mensagem, cujo assunto era: "Oportunidade do século". Dizia (transcrevo mantendo a forma e o estilo): "Por alguma razão esse e-mail foi lhe apresentado. Provavelmente a pessoa que lhe passou esse e-mail acredita que possa ser exatamente o tipo de pessoa de quem estamos à procura. Você procura uma forma de ter o controle sobre sua vida e começar a viver da forma como sempre sonhou?" Picaretagem pura. E essa outra: "Como elaborar o LTCAT", que é, se você não sabe, o "Laudo Técnico das Condições Ambientais de Trabalho, um documento obrigatório para a confecção do PPP — Perfil Profissiográfico Previdenciário". Pode?

Sei que há provedores que anunciam sistemas antispam para eliminar a pornografia e outras mensagens indesejadas. Você fornece a lista dos e-mails e domínios autorizados, e o resto vai para um espaço de quarentena. Para os indesejados que você já conhece, tudo bem, pode funcionar. Mas e para os novos, que chegam disfarçados?

Li há pouco que se está estudando nos EUA uma maneira realmente eficaz de impedir essa invasão de lixo nos correios eletrônicos. A matéria não dizia como seria feito e se há mesmo um jeito de estabelecer esse controle. Estou sonhando que dê certo lá e que venha logo para cá. Só assim vou me ver livre das histórias do John, que agora dá não sei quantas de meia em meia hora, e do Paul, cujo pau, com trocadilho e tudo, aumentou não sei quantos centímetros em uma semana — e vai aumentar muito mais.

Praia, o nosso melhor lugar-comum

O repórter da rádio paulista quer saber como vai ser este verão, e liga não para o Serviço de Meteorologia, mas para mim, no dia em que entrou em vigor a nova estação. Pergunta se já está fazendo muito calor, como vai ser a moda, como serão os biquínis, quais os principais points e que dicas de restaurantes, passeios, bares eu daria a um turista.

Quer saber também como foram os outros, os que não voltam mais, qual o melhor, o mais emocionante, o inesquecível e, a propósito, "quantos verões" eu carrego nessa minha outonal carcaça.

Sei que é uma reportagem-mico, mas sinto pena da aflição do colega. Para não deixá-lo sem ter o que levar ao ar, vou respondendo, na medida do possível, com a ajuda da memória e do que tenho lido e do que tenho visto aqui nas areias de Ipanema.

A primeira coisa que me ocorre, e não sei nem se disse isso para ele, é que até na moda esses moribundos, quase finados anos 90, parecem ter vergonha de seus feitos e efeitos. Sem imaginação, eles resistem a enfrentar o futuro e preferem, como em tudo, a nostalgia e a cópia.

Só assim se explica que se vá voltar a usar neste verão as tangas estilo anos 70 com tomara que caia dos anos 40/50. Tudo enfeitado por velhas miçangas, pode?

Além disso, e sem falar nos horrorosos sungões e bermudões, os biquínis vão cobrir mais áreas do corpo feminino. Como é contraditória a moda. Desnuda a mulher até o limite do possível, até a saturação, e depois, para obter mais sensualidade, passa a cobri-la de novo, aos poucos.

Alguns estilistas falam que o cáqui vai dominar o verão, mas outros mais sensatos argumentam com razão que o cáqui é na verdade a nossa cor da pele, não da roupa. Esse *ton-sur-ton* aqui não pega.

Com medo de cair naquele ridículo papo de velho saudosista — "Ah, não se fazem mais verões como os de antigamente" —, não me detive muito nas recordações do memorável verão da virada de 67 para 68, nem daquele das dunas da Gal, nem o do fio dental ou o da inesquecível estação da abertura em fins dos 70/início dos 80: da anistia, da volta dos exilados, quando o país fez a travessia democrática, quando Gabeira arrasou com sua tanga lilás e quando os jovens, livres da ditadura, descobriram a liberdade de comportamento e inauguraram a amizade colorida.

Não dá para não dizer "Bons tempos aqueles pré-Aids!". Esses, sim, dão saudades. Outro dia, conversando com jovens, me dei conta de que a geração de 17, 18 anos praticamente não sabe o que é sexo sem camisinha, pelo menos quando está a fim de segurança. A revolução sexual dos anos 60, quem diria, foi derrotada por uma peste tendo por símbolo o que, logo depois da pílula anticoncepcional, parecia tão anacrônico quanto uma galocha: a camisinha.

Mas não era isso que o entrevistador paulista queria saber, e acho que nem vocês. Era que dicas eu tinha para dar. Do meu terraço eu via a areia coalhada de corpos dourados e o mar, manso, manso. Uma brisa amenizava os 40 graus que devia estar fazendo e lá no horizonte preparava-se a chuva que está se repetindo todas as tardes.

Pode ser que me engane, mas esse verão não vai ser igual ao outro que passou, o do El Niño. Quando nada porque é o verão de La Niña, de índole amena, mas inconstante e incerto como os tempos que estamos vivendo.

Acabei recomendando o óbvio ao turista acidental: quando a chuva deixar, um mergulho nas praias de Ipanema. Em seguida ao qual ele deve estirar-se ao sol e evitar todo esforço, a não ser o de esticar o pescoço para ver uma bela mulher passar ou de ir ao calçadão tomar água de coco. E à tarde se preparar para o pôr do sol no Arpoador, a que se deve assistir como se assiste a uma missa.

Como veem, nada de original, tudo lugar-comum. Mas, pensando bem, a praia é o nosso melhor lugar-comum.

Como uma gota d'água, nem isso

Por espírito de competição e vontade de superar o medo, eu deveria ter experimentado a arriscada aventura de passar debaixo das cataratas do Iguaçu num barco inflável. Amigos já tinham feito a experiência e insistiam para que eu a fizesse também. Não fiz e assim vou ficar o resto da vida ouvindo aquele bordão dos chatos: "então, você não viu nada."

Estou escrevendo no avião, de volta de uma viagem que começou num sábado de manhã e terminou há pouco, na segunda. No domingo de manhã era o passeio pelas cataratas do Iguaçu, uma das três maiores do mundo. Quem já visitou pode dizer se estou mentindo. Supera tudo o que se possa imaginar. Eu já tinha visto fotos, vídeos, filmes, relatos, e mesmo assim me surpreendi com aquela exagerada manifestação de grandeza da natureza. Não precisava tanto. Me senti tão impotente quanto me sinto agora para contar a experiência.

Não são alguns saltos e quedas-d'água, são muitos, de vários tamanhos, alturas e volumes. Você vai subindo por uma trilha de 2 quilômetros e não para de se espantar com cada visão de uma série que parece não terminar. Tanto quanto o impacto visual, impressiona o efeito sonoro daquela muralha líquida se despencando de 20 metros de altura. Nunca tinha ouvido um barulho como aquele — talvez só o de um vulcão em erupção, se eu já tivesse presenciado algum. É um barulho surdo, constante, visceral, primal, coisa de começo do mundo, se eu me lembro bem.

No ponto mais alto, na Garganta do Diabo, há uma passarela que avança de tal maneira que de repente você se sente cercado de água por todos os lados, inclusive embaixo. Aí você não enxerga mais nada, só ouve. Uma nuvem de espuma — eu ia dizer poeira-d'água, se não fosse uma contradição em termos — o envolve e o encharca. Engraçadinho, não comprei a capa de plástico transparente que todo mundo estava usando. Disse que de camisinha, não.

A camisa ensopada, os olhos embaçados por aquela neblina lhe dão a sensação de que você está submerso, mas não afogado. Não é uma sensação ruim, mas estranha. Me dizem que muitas pessoas vêm aqui para se suicidar, em especial japoneses, não se sabe por quê. Não sobram vestígios. Os corpos são triturados, se liquefazem literalmente. Comunhão com a natureza deve ser isso aí. Não fiquei tentado. Mas toda vez que encarei de frente aquele monstro aquoso, senti uma quase vertigem e um friozinho no estômago que me obrigaram a segurar com mais força o corrimão da passarela.

Depois desse mergulho na natureza rebelde, aparentemente indomável, foi a vez de visitar o exemplo oposto, o das forças naturais controladas pelo homem, canalizadas e transformadas em energia elétrica — a Usina Hidrelétrica de Itaipu, a maior em operação no planeta, considerada uma das Sete Maravilhas do Mundo Moderno.

Desci de elevador o equivalente a um prédio de trinta andares (ou quarenta? Nem sei mais), até o fundo do que foi o leito do rio. Admirei o lago artificial que é três vezes maior do que a baía da Guanabara e ouvi informações como estas: se Itaipu fosse uma hidrelétrica a óleo, o Brasil teria que queimar 434 mil barris de petróleo por dia para obter o mesmo resultado. O volume de terra e rocha removido é equivalente a duas vezes o Pão de Açúcar. A altura da barragem principal equivale a um edifício de 65 andares.

Para mim, porém, o que mais me desnorteou, por causa do que tinha visto na véspera, foi o vertedouro da usina, a imagem que se vê muito nas fotos: aquelas três enormes calhas despejando água constantemente. É o excedente, ou seja, o "ladrão" da usina. Calculei que por ali devia escoar uma catarata. O guia corrigiu minha besteira: "não uma, mas quarenta cataratas do Iguaçu".

O avião está chegando e só em recordar a experiência, estou me sentindo do tamanho de uma gota d'água. Pensando bem, nem isso.

A Noel e à Vila

No centenário de Noel Rosa, um pouco de memória e de homenagem a ele e ao primeiro bairro onde morei no Rio. Isso aconteceu há mais de meio século, quando o poeta de Vila Isabel teria completado seus 40 e poucos anos, se não tivesse morrido aos 26. Ao chegar de Friburgo em meados da década de 50, fui para a casa de Tia Zinha na rua Conselheiro Autran, 27, em companhia de três primos também universitários. Era uma espécie de república de estudantes, e entre esses jovens estava João Máximo, que viria a ser o biógrafo (com Carlos Didier) e uma das maiores autoridades na vida e obra de Noel Rosa. Guiado por ele e por seu irmão, Ângelo, passei a percorrer os lugares por onde andara o compositor — bares, esquinas, o Ponto Cem Reis, a fábrica de tecidos —, a escutar suas histórias de doença e de amor e, principalmente, a ouvir seus discos de vinil. Ouvi tanto que me emprenhei de suas obras-primas, isto é, fui emprenhado pelo ouvido.

    Do boulevard 28 de Setembro, onde diariamente pegava o bonde que me levava à praça XV, indo dali a pé até a Esplanada do Castelo, para a Faculdade Nacional de Filosofia, onde estudava, demorava cerca de uma hora. Mas a distância cultural entre os dois mundos, o do samba boêmio e o daquele templo do alto saber, era menor do que se poderia supor. Graças a professores como Manuel Bandeira, Celso Cunha e Hélcio Martins, a poesia de Noel tinha livre trânsito num ambiente em que residiam Camões, Cervantes, Pessoa e Lorca, entre outras feras, uma permissividade que soava como heresia para certos meios literários.

É que aqueles mestres da língua e da literatura, eles mesmos boêmios que frequentavam a Lapa — "Lapa que tanto pecais", como cantou Bandeira —, além da convivência com compositores como Ismael Silva, identificavam na poesia de Noel recursos literários inovadores, como os usados pela turma da Semana de Arte de 22: os temas modernos (cinema falado, rádio, telefone, fotografia, automóvel, jogo do bicho, botequim), o lirismo sem pieguice (*Último desejo*, *Dama do cabaré*), o humor crítico (*Com que roupa?*, *Quem dá mais?*), o cotidiano, a linguagem coloquial da crônica urbana. Assim como Noel não discriminava o samba pela origem ("Não vem do morro nem lá da cidade"), eles também não faziam diferença de qualidade entre os dois registros, o "alto" e o "baixo".

Ninguém aprende samba no colégio, ensinava o genial sambista. A gente nasce sabendo. Batuque é um privilégio. Tudo bem. Mas com um pé na Vila e outro na universidade pode-se aprender, como aprendi, se não a fazer, pelo menos a apreciar uma boa música, sem precisar perguntar antes se é popular ou erudita.

Bonito por natureza

Estou exatamente a 1.444 quilômetros do Rio de Janeiro e a 1.200 de São Paulo, como se fosse uma ilha, cercado de água por todos os lados, numa das mais impressionantes áreas naturais de lazer aquático do mundo. É uma espécie de paraíso ecológico situado ao sul do Pantanal de Mato Grosso do Sul e chamado não por acaso Bonito. A cidade em si não tem nada de mais; mas o entorno, e aí se incluem também os municípios de Bodoquena e Jardim, é um deslumbramento só.

    Como vim a trabalho, para participar de um seminário, não pude usufruir dos cerca de trinta roteiros que as agências de turismo oferecem. São passeios a cachoeiras, rios, lagos, grutas, cavalgadas, rapel, escaladas, rafting em nível leve, espeleoturismo... está cansado? Pare, descanse, porque tem muito mais. Eu é que não posso dar conta: precisaria de muitos dias e muito espírito de aventura para cumprir todos os programas à disposição.

    Para quem gosta dessas coisas, eu recomendo enfaticamente uma vinda até aqui, porque é um dos poucos ecossistemas que, mesmo servindo ao lazer, consegue manter-se preservado. Parece permanecer intocado, virgem. Visitei umas três nascentes de rio cujas águas cristalinas, transparentes eram com certeza mais puras do que a que sai do meu filtro. Aquela água brotando misteriosamente ali do chão tinha cara de começo de mundo.

Além da natureza, há que apreciar também a organização, a ordem e o rigor com que são feitos os passeios e incursões. Já ia dizer "parece que a gente não está no Brasil", mas percebi que é uma frase cheia de complexo de inferioridade. Pelas trilhas, rios e caminhos por onde se passa não se vê um detrito, um resto de comida ou lata de refrigerante.

O controle dos passeios e visitas é rígido. Os grupos são limitados, obedecem a horários marcados antecipadamente e há lugares, como grutas, em que não se pode nem falar alto. Num dos programas mais recomendados — que não completei porque achei que a água devia estar muito fria, embora me dissessem que a roupa de neoprene me protegeria — não se pode bater com os pés nadando e nem pisar o fundo do rio para não levantar areia e espantar os peixes. Trata-se da "flutuação" no aquário natural da baía Bonita, que é na verdade um rio de 900 metros que você desce boiando, vestido com roupa e máscara de mergulhador, acompanhado sempre de um guia. Para isso, você recebe antes treinamento e orientação numa piscina. Quem já "flutuou" garante que é como se estivesse voando sobre os peixes, que há em tanta quantidade que, se fosse permitido, a gente pegaria aos montes com a mão.

Se eu tivesse a saúde, a juventude e o gosto ecológico de Marcos Sá Corrêa, teria me arriscado no abismo Anhumas, uma descida de 72 metros em rapel que leva a um lago do tamanho de um campo de futebol. É um prato para os praticantes de mergulho livre e autônomo, que descem em meio a esculturas naturais em forma de cone com até 16 metros de altura.

Por covardia perdi isso, mas em compensação desci os 100 metros e 320 degraus irregulares da Gruta do Lago Azul. Não só desci como subi de volta, o que é um feito. Muitos não completam a descida, ficando no meio do caminho à espera dos companheiros, e já houve o caso de idosos que tiveram que ser carregados. O passeio vale todos os sacrifícios, se é que se pode falar assim. Porque o espetáculo de descida é quase alucinógeno: é um milagre que aquelas estalactites da finura de agulha que descem do teto da gruta possam se sustentar como se fossem gotas interrompidas.

Com a ajuda do guia, a gente vai vendo coisas. A figura que se formou num canto da parede da caverna é uma mulher com cabelos grandes. Do lado, o perfil de um homem. Mais adiante surge um gigantesco falo. A escultura que parece um cactus é uma espécie de tótem que deve ter 3 mil anos. E por aí vai. Uma viagem!

A chegada ao lago é outro delírio. Não deixa de ser um mergulho ao centro da Terra. O azul daquela água eu nunca vi em lugar nenhum, nem na natureza nem na arte. É inacreditável. O mais incrível é que não é azul coisa nenhuma: é pura refração, ilusão de ótica. Se você pudesse pegar um pouco da água (só se pode chegar a uma determinada distância desse lago), veria que ela é como qualquer outra água.

Fim da viagem e volta à real. A subida é penosa: exige não só resistência, como calma, paciência para não se afobar. O segredo é respirar fundo, parar antes de ficar muito cansado, ir subindo aos poucos, assim. Pronto. A chegada lá em cima uma hora e meia depois da descida, ofegante mas inteiro, é também um pequeno milagre da natureza. Quem puder que faça como eu.

Então não viu nada

Depois de quase trinta anos, voltei a Belém para a VIII Feira Pan-Amazônica do Livro, e encontrei outra cidade, como me haviam dito amigos como Luis Fernando Verissimo e Lula Vieira. Nem a chuva cai mais às duas horas em ponto diariamente; chega mais tarde. Levei coisa pra ler porque achava que ia ter tempo ocioso. Engano. Em três dias, não dei conta do que tinha para fazer, ver, visitar. Saio em débito e com uma baita vontade de voltar, não em trinta anos, mas em trinta dias. Deixei de ver muito mais do que vi. A própria feira foi uma surpresa: quase 300 mil visitantes, duzentos expositores, 125 estandes, 480 mil exemplares vendidos, mais de 7 milhões de reais faturados. É hoje um dos três mais importantes eventos do Brasil no gênero.

Orientado pela professora e jornalista Regina Alves e guiado pelo cronista Denis Cavalcante, recebi um curso prático e intensivo de história, geografia, cultura e, sobretudo, dos encantos dessa capital da hospitalidade, como constatou uma pesquisa junto aos turistas. De minha parte, tive um tratamento privilegiado, sendo até parado na rua, o que me deixou todo prosa — até descobrir que isso só acontecia porque as colunas do Nomínimo são publicadas no *Liberal*, o jornal que todo mundo lê. Daí minha popularidade.

Cumpri um programa exaustivo. Como minha mulher gosta de mercados populares, Regina e Denis nos levaram logo cedo ao Ver-o-Peso, onde passamos parte da manhã admirando aquela bela estrutura meio *art nouveau* de ferro trazido da Inglaterra e sentindo os cheiros, sons e o burburinho de mercadores e compradores. Me deliciei nas barracas de banhos de cheiro lendo os rótulos: "Pega não me larga", "Amansa corno", "Afasta espírito", "Chora nos meus pés". Com destaque para o patchuli, que a vendedora me diz ser o odor de Belém. Regina me ensina toda a tradição dessa liturgia da água cheirosa que ela conhece de sua família, desse culto da limpeza e do perfume (não lhe digo nada, mas penso: "Um povo tão limpo e uma cidade tão suja").

Numa barraca de ervas medicinais, comprei para dar de presente ao Tutty Vasques um vidro de "Viagra da Amazônia", que tem fama de ser milagroso. É feito com catuaba, ginsem, marapuana, guaraná, pau-ferro, noz-moscada, cravinho e moleque-seco. Passo na porta em que um cartaz anuncia: "Banho: 1,00; vaso: 0,50; urinar: 0,20." Os preços são convidativos, mas como não estou precisado de nenhum dos três, vou para a área de peixes. Denis é recebido como freguês cativo. Todo mundo o conhece e ele conhece todo mundo: gente e peixes. "Esse aqui é o piramutaba; aquele é o mapará; olha o tamanho desse filhote." E vai me mostrando dourados, sardas, tucunarés, enxovas, piranhas, tará-açus. Saio daqui especialista em peixes amazônicos. O que mais deixa minha mulher feliz é saber que os supermercados não mataram o Ver-o-Peso.

Aliás, uma das sensações mais estimulantes é perceber que Belém gosta de seu passado e é hoje um exemplo de como preservá-lo e restaurá-lo. A intervenção no cais, transformando três galpões na monumental Estação das Docas, é uma obra que não deve nada ao que foi feito em

Nova York, Buenos Aires e Barcelona (vou sugerir que o próximo prefeito do Rio dê uma chegada aqui antes de tomar posse). Se eu só tivesse estado nesse complexo de lazer, já teria valido a viagem.

Mas houve muito mais. Passamos algumas horas nos extasiando no núcleo cultural Feliz Lusitânia, em especial no Museu de Arte Sacra. Certamente, há acervos barrocos mais valiosos na Bahia ou em Minas, mas não acredito que haja um museu tão bem tratado, desenhado, iluminado, climatizado. Me encantei com algumas imagens: a Pietá toda em madeira, o São Sebastião de cabelos ondulados e a famosa Nossa Senhora do Leite, com o seio esquerdo à mostra dando de mamar (uma das duas únicas que se salvaram da destruição, acusadas de profanas).

Cansado de perguntar — "De quem é essa obra?" — e de ouvir — "É do Paulo Chaves" — "E essa outra?" — "Também" —, fiquei na dúvida quanto à autoria de um delicioso filhote que acabara de comer no restaurante da Casa das Onze Janelas e brinquei: "Esse peixe, já sei, deve ser obra do arquiteto Paulo Chaves." Não tenho espaço para falar do Museu de Gemas do Pará, do Museu do Encontro, do almoço na ilha do Mosqueiro, nem a ida antes a Icoaraci, onde minha mulher comprou lindas peças de cerâmica marajoara, tapajônica e rupestre. Nem vou falar dos 48 sabores de sorvete Cairu (não tomei todos, mas acho que provei a metade).

Também não vou revelar o que deixei de ver com medo de que algum chato estraga-prazer diga: "Mas você não viu isso?! Ah, então não viu nada."

De volta ao Alemão

Nos últimos três anos, alguma coisa mudou na política de segurança pública do estado do Rio, ainda que o governador e os dirigentes da área continuem os mesmos. Percebe-se isso, comparando a invasão do morro do Alemão de 2007 e a de 2010. Estive lá naquela época e voltei agora. Em junho daquele ano, 1.350 policiais civis, militares e soldados da Força Nacional entraram na comunidade, mataram 19 pessoas — a maioria sem envolvimento com o tráfico — não apreenderam drogas nem armas e sequer prenderam um bandido importante. Foi um "massacre", como classificaram moradores e entidades de direitos humanos. Dias depois, pude constatar o reaparecimento ostensivo dos traficantes e a revolta da população local. Nos artigos que escrevi sobre a visita — "O complexo Alemão" — informava: "O chefe montou um 'tribunal' para torturar e matar os moradores acusados de terem colaborado com a polícia, conforme denúncia do próprio secretário de Segurança, José Beltrame." Eu perguntava: "Será essa a estratégia mais eficaz para se ganhar, não uma batalha, mas a guerra?"

Evidentemente, não era, e agora tudo foi diferente: da concepção — não mais entrar, matar e sair, mas ocupar — ao uso de tanques blindados da Marinha, que tornaram possível a incursão, passando pela maneira como trataram os moradores. Talvez por isso é que, apesar de alguns graves problemas táticos, como não prever as rotas de fuga dos bandidos, e de natureza disciplinar, como excessos praticados por soldados, a operação recebeu aplausos do morro e do asfalto. Acho que nunca se torceu tanto pela polícia nos dois lados da cidade.

Procurei não me identificar como jornalista para que as pessoas pudessem ser mais francas nas suas impressões. Conversei com comerciantes, fregueses, donas de casa, trabalhadores. Vi de perto o que colegas da televisão e dos jornais já tinham mostrado, ou seja, a mudança do estado de espírito da população. Primeiro o alívio, depois a alegria, enfim aquele clima de liberdade reconquistada substituindo o medo. Me lembrei de dois momentos: o Brasil se livrando da ditadura e a festiva Revolução dos Cravos em Portugal. Um pouco daquilo estava ali no Alemão, nos pequenos gestos: na bagunça das crianças brincando, nas gargalhadas dos adultos, nos comentários em voz alta, nas opiniões dadas sem olhar para o chão — a trilha sonora podia ser o "Apesar de você", de Chico Buarque.

Menos, colunista, menos. Não há "enorme euforia", mas cautela. Embora a esperança seja o sentimento predominante — em 2007 era a revolta —, ainda existe o temor de que "eles" voltem (não custa lembrar que o Bope hasteou sua bandeira na Vila Cruzeiro em 2008). Um senhor, que mora há cinquenta anos na comunidade, resumiu esse sentimento, quando lhe perguntei: "Em suma, o senhor está otimista ou pessimista?" "Otimista", respondeu, acrescentando: "mas com o pé atrás".

Pequenina e heroica

Uma das maiores ofensas que se faz ao amor-próprio dos nove estados nordestinos é tratá-los como se tivessem uma única identidade cultural. Como se não houvesse diferença entre Alagoas e Bahia, por exemplo, Ceará e Maranhão. Como se fossem uma coisa só o pernambucano Gilberto Freyre e o paraibano José Américo, Augusto dos Anjos e Castro Alves. Como se a geografia e o clima bastassem para dar conformidade às diversas manifestações artísticas da região. Equivaleria a classificar a cultura do eixo Rio-São Paulo como cultura "sudestina", botando no mesmo saco estilístico Vinicius de Moraes e Mário de Andrade, Tom Jobim e Adoniran Barbosa.

Isso me ocorre ao visitar mais uma vez João Pessoa, por ocasião do XIII Fenart (Festival Nacional de Arte), que durante sete dias contou com a participação de 160 atrações de todo o país em música, teatro, artes visuais e literatura. O homenageado foi Sivuca, que faria 80 anos. E aí a nossa soberba ignorância fica sabendo que esse sanfoneiro foi um gênio no seu ofício. Tocando um instrumento tido como cafona, o artista feio, albino, nascido na barriga da miséria, tornou-se um nome universal.

Em 1964, chegou aos EUA para passar seis meses e ficou 18 anos pelo mundo impondo seu virtuosismo como instrumentista, compositor e arranjador. Foi diretor musical de Miriam Makeba, Harry Belafonte e teve como admiradores, entre outros, Miles Davis, que um dia enviou-lhe um telegrama: "Finalmente encontrei alguém que me fizesse as pazes com este maldito instrumento, o acordeon." Nesse instrumento "detestado pelos americanos", como ele dizia, Sivuca tocou até Bach (Tocata e Fuga em Ré Menor), Paganini ("Moto-perpétuo") e Rimsky-Korsakov ("Voo do besouro").

Não por acaso, Sivuca é cultuado como um símbolo da "pequenina e heroica" Paraíba, como é chamada por ter participado de várias guerras libertárias. Além dos exemplos passados, ela viveu dois momentos decisivos na história política contemporânea, quando João Pessoa transformou-se no mártir da Revolução de 30 e quando José Américo — o escritor que inaugurou o romance regionalista, com *A bagaceira* — rompeu a censura em 1945, na ditadura de Vargas, com uma corajosa entrevista a Carlos Lacerda que ajudou a derrubar o ditador.

O que falta à Paraíba é um bom esquema de marketing. Ela tem atrativos que a gente acha que só encontra em outras paragens nordestinas — belas praias, rico folclore, variado artesanato. Só que não se sabe.

O rio de minha aldeia

Vai-se fazer aqui o elogio do bairrismo ou, se a proposta soar muito xenófoba, a defesa do bairro, esse que é a menor unidade da federação. Está bem: se assim não se pode chamá-lo, que isso é a cidade, chamemo-lo então de núcleo básico da vida urbana, de célula máter da cidadania.

    Hoje é mais comum falar mal do que bem do lugar onde se mora — pelas razões óbvias, mas também por um certo cosmopolitismo besta. Houve um tempo, no entanto, em que a moda era cantar com orgulho o bairro de origem: "Modéstia à parte, eu sou da Vila." "Nasci no Estácio, sou diplomado", "Mangueira, teu cenário é uma beleza". "Madureira agora é." "Alvorada lá no morro é uma beleza", "Copacabana, princesinha do mar".

    Parte da degradação da cidade pode ser debitada à perda crescente do espírito de bairro, ao desaparecimento dos vínculos comunitários, ao desamor com que se trata o lugar onde se vive, ao fim das relações de vizinhança, das cadeiras nas calçadas, da convivência, da solidariedade.

Agora, parece que está havendo o renascimento de uma saudável rivalidade entre alguns bairros, pelo menos entre Ipanema e Leblon, por exemplo. À soberba com que os vizinhos leblonenses (ou leblonianos?) de Chico Caruso e Rubem Fonseca se referem à sua aldeia (virou moda falar da "melhor qualidade de vida" deles, insinuando uma copacabanização da nossa), os ipanemenses respondem alegando que isso é inveja do carisma do pedaço onde viveram Tom e Vinicius.

Agora, há mais um argumento: estaria havendo uma opção preferencial imobiliária pelas areias que vão do Posto 8 ao Posto 10. Entre os famosos que escolheram Ipanema, está a grande glória: Fernanda Montenegro. Desde que ela disse em Hollywood que era *The old lady from Ipanema*, a autoestima dos ipanemenses foi elevada às alturas. Vocês não sabem o que é viver tendo a sensação de que bastam alguns metros para chegar até sua casa e pedir: "Vizinha, você tem um pouco de sal pra me emprestar?"

"Eu adoro o bairro", declarou ela. "Tenho tudo no quintal da minha casa: feira, restaurantes ótimos..." É isso aí, quintal. Fernanda redescobriu que nós, seres urbanos, temos a nostalgia do quintal. Toda a tecnologia moderna foi inventada para acabar com o quintal e a esquina. O automóvel, a TV, o cinema, a internet só servem para impedir que as crianças brinquem no quintal e que você vá andando à padaria da esquina ou ao boteco do quarteirão tomar um chope.

Um dos traços mais fortes dos suburbanos e favelados cariocas é a fidelidade que devotam ao lugar onde moram. Uma vez frequentei durante meses um lugar para escrever um livro. Os moradores tinham sempre a preocupação de conquistar minha adesão ou simpatia: "O senhor está gostando?", "O senhor vai voltar?" Era uma favela pobre e sofrida à que eles se orgulhavam de pertencer.

Em outra ocasião, acompanhei Betinho e o deputado Miro Teixeira numa visita à Favela do Lixão em Duque de Caxias, em cima de um aterro, onde viviam 1.500 pessoas. Os moradores lamentavam as condições sub-humanas, claro, mas não o lugar. Era até com um certo orgulho que diziam retirar dali todo o sustento, inclusive o pó com que faziam o café. Não sonhavam em se mudar, mas em melhorar "o bairro".

Aliás, as favelas só não explodem porque sua coesão social é sustentada pelos estreitos laços vicinais de tolerância e solidariedade. Um sabe que pode contar com o outro na precisão e na adversidade: para deixar o filho pequeno enquanto vai trabalhar, para um socorro, para uma ajuda no caso de uma doença.

Vivendo amontoados, aos milhares, quase sem privacidade, uns ao lado dos outros, aguentando o barulho, o desconforto e outros inconvenientes da proximidade física, é fundamental que surjam espontaneamente códigos de convivência que compensem e substituam o risco da irritação e da hostilidade por muita troca de afeto e amizade.

Li que uma moradora ficou emocionada vendo o morro da Conceição num filme: "É o melhor pedaço do mundo", ela se entusiasmou. Nenhum de nós com certeza acharia isso. O bairrismo é um sentimento que, como o amor, não precisa de razões. Basta o argumento que Fernando Pessoa encontrou para cantar a sua aldeia, que no fundo é uma espécie de bairro:

O Tejo é mais belo que o rio que corre pela minha aldeia,
Mas o Tejo não é mais belo que o rio que corre pela minha aldeia
Porque o Tejo não é o rio que corre pela minha aldeia.

Aventura em rio de piranha

Quando seres urbanos como o embaixador do Brasil nos EUA Rubens Barbosa, o escritor Luis Fernando Verissimo e eu resolvemos nos embrenhar pela selva amazônica em busca de emoção, o que pode acontecer? Quais são as chances de voltarem ao asfalto sãos e salvos? Não sei como foram as peripécias dos que nos antecederam nesse tipo de aventura, dos que percorreram os mesmos caminhos e ficaram no mesmo hotel.

Não sei, por exemplo, como se portaram o rei Juan Carlos e a rainha Sofia, da Espanha, que se hospedaram na "Suíte Cósmica", no sexto andar, um andar acima do meu quarto no Ariaú Hotel. Não imagino nem como subiam os vários lances da íngreme escada que levava aos seus aposentos. Também não sei o que foi feito do príncipe Frederick, da Dinamarca, e de outras cabeças coroadas. Nem do chanceler alemão Helmut Kohl, do milionário Bill Gates ou de outros reis mais plebeus como Romário, Vera Fischer, Eduardo e Marta Suplicy, antes da separação. De todos encontramos alguns traços e muitas lendas.

Quanto a mim, só não digo que voltei completamente são e salvo, por causa de um ser invisível que se infiltrou por debaixo da roupa e percorreu algumas partes do meu corpo, até as mais inacessíveis, e através de pequenas mordiduras fez um razoável estrago na minha pele. Mosquito? Impossível. Não teria como chegar lá. Carrapato? Também não, porque esses bichinhos chatos não são nômades, eles não gostam de passear, preferem se fixar nos lugares onde encontram alimento. E nenhum exemplar foi encontrado nos locais, apesar da minuciosa caça com ajuda de espelho. Permaneceram só os efeitos: calombos vermelhos e uma coceira insaciável.

Restará para a mágica e misteriosa história da Amazônia mais esse mistério: qual a origem do minúsculo animal que percorreu as regiões baixas do meu corpo? Era um ou vários? Onde foram parar? À procura de quê? Por que só eu fui o escolhido? De que viveram durante esse longo período em que não estive por lá?

Como na guerra, numa expedição como essa a primeira vítima é a verdade. Por isso, Verissimo e eu combinamos que contaríamos as mesmas mentiras para evitar contradições. O embaixador seria a testemunha que nos deixaria mentir.

Ao autor de *As mentiras que os homens contam*, caberia a narrativa do arriscado episódio da pesca de piranhas num igarapé infestado delas. Éramos três casais e o cicerone Neto, um jovem caboclo sabido, que com a mesma facilidade domina jacarés e três ou quatro línguas estrangeiras.

Durante umas duas horas de uma ensolarada tarde da semana passada, permanecemos de vara de pescar na mão, fazendo todas as gracinhas que o nosso guia mandava para atrair a nossos anzóis uma mostra, uma que fosse, dessa voraz e arisca espécie de carnívoros. Chegamos a usar carne de primeira como isca e a agitar a água com as varas, simulando um corpo se debatendo, assim como fazem as vítimas em desespero antes de serem devoradas. Em tese, quando ouvem o agito, esses actinopterígios vêm correndo porque sabem que haverá o que comer.

Se depois de todos os artifícios que usamos Lúcia Verissimo não tivesse pescado uma piranhazinha, aliás linda, elegante, com as faces vermelhas e os dentes em serra, numerosos, cortantes, diríamos que os outros únicos exemplares capturados antes, por Neto, faziam parte de uma coleção de animais amestrados que só obedecem ao domador.

Não sei como vai ser a versão do pescador Verissimo, tão fértil de imaginação, mas, diga o que disser, a verdade aqui pra nós é que a pescaria foi um fracasso. A aventura valeu pelo que sentimos e pelo aprendizado sobre o que vimos. Eu, que confundia uma coisa com outra, aprendi por exemplo que "O igarapé é a via principal e os igapós, as alamedas", como ensinou Neto.

Andar de canoa por um igapó é uma experiência única. Como as águas nessa época do ano sobem 9, 10 metros, às vezes mais, só as copas das árvores permanecem à vista. Enquanto a canoa vai passando entre elas, se desviando dos galhos de uma ou outra, a sensação é de que se está navegando sobre uma floresta líquida, o que de certa maneira é mesmo. O que impressiona ainda mais é que, graças à cor do rio Negro, densa, ácida, fechada, a água reflete as imagens como um espelho. Então, por refração, a gente vê e se sente dentro de duas florestas: uma em cima e outra embaixo, sem conseguir distinguir as duas. É um delírio, uma miragem, sem auasca ou Santo Daime.

Um simples passeio como esse nos dá a entender por que os nossos descobridores e viajantes piravam diante dessa delirante natureza, de um realismo fantástico que mistura lisergicamente fantasia e realidade. Não é por acaso que os mitos e lendas amazônicas têm sempre uma dimensão imaginária desvairada e alucinante. Em que outra parte do mundo poderia nascer um visionário como Chico Mendes?

Me interessei mais pela aventura da noite, que prometi relatar de maneira objetiva e sóbria, até porque o acontecimento já é em si quase épico, não precisa de nenhum reforço retórico. Tratava-se de "focar" um jacaré. Imagine o leitor uma canoa de pouco mais de um metro de largura, cercada de jacarés por todos os lados, com a gente armada apenas de uma poderosa lanterna.

O ritual consiste em se aproximar cuidadosamente da margem, descobrir debaixo da folhagem algum bicho escondido e lançar o foco de luz nos seus olhos. O efeito é imediato. Por fascínio, cegueira momentânea ou sabe-se lá por quê, o fato é que o jacaré fica completamente paralisado, abestalhado, com aqueles olhos incandescentes. Aí, então, é puxado para dentro do barco para que o turista tire a foto que fará tanto sucesso na volta para casa.

Tudo isso em tese, porque a nossa equipe não conseguiu "focar" um mísero jacaré. Quando nos aproximávamos, eles fugiam — acho que cheguei a ouvir um dando risada. Como se sabe, em rio de piranha jacaré nada de costas. Pois bem, nesse dia os dois irreconciliáveis inimigos se uniram num humilhante boicote contra aquela expedição de panacas.

Depois de mais de uma hora de tentativas frustradas, concordamos que o melhor a fazer era ir embora. Decididamente, o rio não estava nem pra peixe, nem pra jacaré. Tomamos o caminho de casa e de repente, só faltava essa, o motor da canoa pifou. O céu lá em cima, os ruídos da selva dos lados, a escuridão em frente e nós à deriva, perdidos na nossa solidão, com todos aqueles jacarés gozando a nossa cara, tripudiando sobre o nosso vexame.

Enquanto Neto pedia socorro pelo rádio, mantivemos o sangue frio e, se alguém rezou, rezou em silêncio. Nossas três mulheres — uma de cada um, bem entendido — foram impecáveis: nada de pânico, de histeria, nem pareciam mulheres. Rubens Barbosa, ex-embaixador em Londres, demonstrou o tempo todo uma fleugma britânica. Acho que se fosse de tarde, pediria um chá.

Modéstia à parte, a cena mais impressionante foi o lance do jacarezão, o maior de todos, se aproximando da canoa, Verissimo escondido atrás de mim, o motor parado, a fera chegando e eu olhando ele nos olhos vermelhos, hipnotizando, dominando pelo olhar, e ele vindo e vindo...

O que me salvou foi o barulho da lancha-socorro chegando. Senão, eu ia acordar dentro d'água. No rio Negro, se você cochilar, jacaré te abraça.

Datas e locais de publicação das crônicas deste volume

As dores do parto | publicado no site www.nominimo.com.br em 5 nov. 2003
Recado de primavera | *Jornal do Brasil*, 28 set. 1996
O homem que virou livros
Drummond anos depois | publicado no site www.nominimo.com.br em 12 nov. 2002
A recusa de Drummond | *O Globo*, 14 jan. 2010
Esse Ziraldo! | *O Globo*, 16 mar. 2010
Ser avô | *O Globo*, 24 out. 2009
Aprendendo a aprender | *O Globo*, 9 mar. 2011
Alice no reino do iPad | *O Globo*, 26 out. 2011
Preguiça de sofrer | publicado no site www.nominimo.com.br em 22 ago. 2011
Um idoso na fila do Detran | *Jornal do Brasil*, 7 set. 1996
O dia em que fui manchete | *O Globo*, 4 jun. 2011
Por fora da moda | *O Globo*, 26 nov. 2011
Intolerância juvenil | *O Globo*, 20 abr. 2005
Por que os jovens não gostam de política? | *Época*, 13 dez. 1999

Geração anfetamina | *O Globo*, 14 nov. 2007
Ainda os jovens e as drogas | *O Globo*, 21 nov. 2007
Quem disse que o sentimento é kitsch? | *Jornal do Brasil*, 12 ago. 1995
Politicamente (in)correto | *O Globo*, 16 out. 2009
Conversa de cego | *O Globo*, 3 fev. 2001
Se não me falha a... | publicado no site NoPonto em 20 ago. 2001
Não é para principiantes | *Libération*, 18 abr. 2000
As últimas do mineiro | publicado no site www.nominimo.com.br em 7 abr. 2003
As últimas do judeu | publicado no site www.nominimo.com.br em 1º abr. 2003
A mídia premiada | *O Globo*, 16 out. 2010
As amargas não | *O Globo*, 23 fev. 2002
O fim de um mundo | *O Globo*, 11 set. 2010
Caros leitores | *O Globo*, 26 fev. 2011
Amar o transitório | *O Globo*, 26 fev. 2011
O corpo que faz sucesso lá fora | *Época*, 13 mar. 2000
A moda terminal | *O Globo*, 14 fev. 2009
Não merecem o celular | *O Globo*, 10 nov. 2010
O novo boca a boca | *O Globo*, 19 set. 2009
O território da crendice | *O Globo*, 4 set. 2010
Quem lê tantos e-mails? | publicado no site www.nominimo.com.br em 21 out. 2003
Praia, o nosso melhor lugar-comum | 26 dez. 1998
Como uma gota d'água, nem isso | *O Globo*, 30 nov. 2004
À Noel e à Vila | *O Globo*, 18 dez. 2010
Bonito por natureza | publicado no site www.nominimo.com.br em 16 jul. 2003
Então não viu nada | publicado no site www.nominimo.com.br em 28 set. 2004
De volta ao Alemão | *O Globo*, 4 dez. 2010
Pequenina e heroica | *O Globo*, 1º jun. 2010
O rio de minha aldeia | *O Globo*, 29 jun. 1999
Aventura em rio de piranha | publicado no site NoPonto em 2 jul. 2001

1ª EDIÇÃO [2012] 1 reimpressão

ESTA OBRA FOI COMPOSTA PELA ABREU'S SYSTEM EM ADOBE GARAMOND
E IMPRESSA EM OFSETE PELA LIS GRÁFICA SOBRE PAPEL PÓLEN SOFT DA
SUZANO PAPEL E CELULOSE PARA A EDITORA OBJETIVA EM NOVEMBRO DE 2015

A marca FSC® é a garantia de que a madeira utilizada na fabricação do papel deste livro provém de florestas que foram gerenciadas de maneira ambientalmente correta, socialmente justa e economicamente viável, além de outras fontes de origem controlada.